小学館文庫

緑と赤

深沢 潮

小学館

緑と赤　目次

緑と赤

第一章　知英　Chie

馴染《なじ》まない。

生まれて初めて手にするパスポート。

赤や紺ではない、濃い緑色。

表には、まったく読めないハングル文字。英語で、REPUBLIC OF KOREA とも書かれている。

ページを開くと、まぎれもない自分の顔がそこにあった。あまり写りが良くない。目つきが悪く、こちらを睨《にら》んでいる。

写真の横に書かれた英字は、KIM JIYOUNG。

キム、ジヨン?

これは、いったい誰のことだろうか。

自分の名前は、金田知英《かねだちえ》なのに。

「それ取るの、すごく大変だったんだからね。書類取り寄せたり、領事館行ったり……」母の珠子《たまこ》は、ふう、と息を吐く。

「ごめん、忙しいのに」

「ま、いいんだけどね……あとこれ」

母が保険証と同じサイズの黄緑色のカードを差し出した。特別永住者証明書とあり、本名、生年月日、国籍、住居地が記され、顔写真はパスポートと同じものだった。

「なにこれ」

「外国人登録証がこっちに切り替わったのよ。日本に再入国するときはこれを見せればいいんですって」

韓国人であることをだめ押しされたような気持ちになる。ずっと通称名を使ってきたから、普段は自分が韓国人だと意識する機会は少なかった。そして、自分とその事実を切り離し、考えるのを止《や》めていた。二十歳《はたち》になった知英に選挙権はないが、そんなことはどうだってよい。政治になんて興味ない。ややこしいことで悩みたくない。

だいたい、在日っていうやっかいな立場であることを知ったのだって、外国人登録証を常時携帯しなければならなくなった十六歳のときなのだから。当然のように自分は日本人だと思い込んでいたので、母から「実は韓国人」と聞いたときは、ものすごく驚き、混乱した。

「は？　なにそれ？」それが第一声だった。

　学校の歴史の授業では現代史の部分が駆け足で、詳しくやらなかった。特に興味もなかったので朝鮮半島が植民地だったことは知識としてあっても、在日韓国人というものがどういう存在なのかも正直よくわかっていなかった。

「なんで？　日本の名前なのに」

「ある程度大きくなったら、ちゃんと言おうと思ってたんだけど……」

　母はそれから、知英は金知英《キムジヨン》で自分自身は張恩珠《チャンウンジュ》が本名なのだと教えてくれた。金は亡くなった父親、金明哲《キムミョンチョル》の姓で、母の使っている金田珠子は通称名。母の本名が張なのは、朝鮮半島では結婚しても姓が変わらないからなのだそうだ。

　知英は四世にあたり、曾祖父《そうそふ》の世代が戦前に朝鮮半島から日本に働きに来てそのまま住み着いたこと、父も母も、もともと朝鮮籍で同胞の多く住んでいる地域にいたが、そこから引越すときに韓国籍に変え、それ以来同胞だけでなく親戚ともまったく付き合っていないことを母は語った。さらに韓国人であることは周囲にあえて言うこともなく暮らし、生活において韓国の影がちらつかないように努めてきたという。韓国人であることは極力隠していた方が余計なトラブルもないし、嫌な思いもせずに暮らせるということだった。

「私たち、日本人にはなれないの？」

「それはね……」母はうなだれた。

「やろうとしたけどできなかったのよね。うちはちょっと難しいのよね。帰化に必要な書類を揃《そろ》えることができなくて……」

「そうなんだ……」

「ごめんね」

「どうせ外国人という立場なら、アメリカ人とかイギリス人の方が格好よくてよかったかも」と思ったが、母があまりにも申し訳なさそうな顔をしているので、口には出さなかった。

「じゃあ、私も韓国人だってことは周りに隠していた方がいいってことだよね」

「言わなきゃわかんないことだしね。特に自分を韓国人だって意識する必要もないからね」

母に言われてほっとした。在日韓国人だと知ったからといって、なにかが急に変わるわけではなさそうだ。

知英は、それまで韓国という国を、別に好きでも嫌いでもなかった。韓流《ハンりゅう》ドラマを見ても、音楽番組に韓国のアーティストが出ているのを見ても、特別な思いを持つことはなかった。だから、韓国人であることが、すごく嫌というわけではない。かといって嬉《うれ》しいわけでも、もちろんない。ただ、父が早逝したため母子家庭という少し特異な環境にあることや、幼い頃《ころ》から引越しや転校を繰り返したことによって、その場に馴染むことを人一倍努力し続けてきた。そんな知英にとって人と違いたくないという思いは強かった。

母から話を聞いて、自分はなにやら面倒臭い存在なのだなと思い、インターネットで「在日韓国人」と検索してみた。すると目も当てられない誹謗《ひぼう》中傷の言葉が並ぶサイトにたどりついてしまい、二度と検索するのを止めた。

しかし、出自を知ったところで、日常生活において別段影響はなかった。外国人登録証は財布に入れっぱなしで、韓国人であることを思い出す機会は、メディアに朝鮮半島の情報が出るとか、スポーツの日韓戦があるときぐらいで、普段は忘れているし、忘れようとしている。大学にいる韓国人留学生のことも避けてしまう。そして思い出したときの知英は自分が韓国人であることに強烈な違和感を覚え、一気にすべてをシャットアウトする。

それなのにいま、この小さなパスポートの冊子ひとつによって、あらためて声高に「あなたは日本人ではありません。韓国人です」と宣告された。よりどころのなさを突きつけられ、どう自分のことを受け止めたらいいかわからない。

ずっと海外旅行に行ってみたかった。そして、大学の同級生の梓《あずさ》になら在日韓国人と知られても良いと思った。それぐらい彼女には心を許せそうな気がしていた。韓国の音楽が好きだから、知英を韓国人と知ってもネットに書き込んでいた人々のように忌み嫌うようなことはないだろう。

ところが、予想以上にパスポートから受ける衝撃は大きかった。

できれば梓にも知られたくない。

グアム旅行なんて、いっそのこと、断ってしまおうか。

パスポートのいらない国内旅行、たとえば沖縄にしようと提案してみようか。

よりによって梓が選んだ街は、コリアンタウンの新大久保《しんおおくぼ》だった。

サムギョプサルを食べよう、パッピンスという韓国風のかき氷も、と無邪気に言われてつい承諾してしまった。反対して、理由を訊《き》かれるのも面倒だったのだ。

溝《みぞ》の口《くち》駅から大井町《おおいまち》線に乗り、自由《じゆう》が丘《おか》で東横線に乗り換え、直通する副都心線の東新宿《ひがししんじゅく》駅で降りる。待ち合わせ時間より十五分も早く着いてしまい、ひとりで街を散策してみようと、新大久保方面に向かう。梓は買い物があると言っていたのですでに来ているはずだが、あえて連絡せずに、職安通りを歩いていく。

新大久保に足を踏み入れるのは、初めてだ。ここはなんとなく、自分の住む街、溝口《みぞのくち》とは異なる匂《にお》いがするが、韓国系の飲食店が多いからだろうか。それが韓国の匂いと同じなのかは、判別できないけれど。

梅雨の晴れ間とはいえ、空気が蒸しているのは避けようがなく、化繊のトップスが汗で肌にまとわりついて不快だ。湿気の多い日本の夏はまだ入口に差し掛かったばかりだと思うと、ちょっと気分が滅入《めい》る。

通りの向こう側に韓国食材の大型スーパーを見つけ、横断歩道を渡る。自動ドアを抜けて中に入ると、エアコンがよく効いていた。とりあえず、人心地つく。

店内は驚くほどの品揃えで、インスタント食品を始め、菓子、惣菜《そうざい》、冷凍食品などが所狭しと並べられている。冷やかしで見て回り、知らない料理や見たことのない香辛料を眺めていると、海外旅行に来たみたいで楽しくなってくる。

祖国のもの、という親近感はあまりない。在日韓国人といったって、まったく韓国とは縁遠い生活を送っている。キムチが常備されているような家庭でもない。それどころか、知英は辛いものが全般的に苦手でキムチが食べられない。

梓からLINE《ライン》メッセージが入った。

〈ごめーん〉

〈悪いけど〉

〈待ち合わせ、あと一時間ぐらい遅らせていい?〉

〈CNBLUE《シーエヌブルー》の公式グッズ買いたいの〉

〈もうちょっとショップ回りたいんだ〉

その後に、うさぎが頭を下げて謝っている絵柄のスタンプが送られてきた。

知英は了解の意味で〈りょ〉とだけ打って、女の子がオッケーポーズを取っているスタンプを返す。

梓は熱心なK-POPファンだ。カフェや街中でお気に入りのアーティストの曲が流れると、腰を振って踊りださんばかりのノリである。バイト代はすべて、韓国のアイドルバンドのためにつぎ込んでいるという。知英はまったく韓国のエンターテインメントには興味がない。というより、出自を知って以来、意識的に避けてしまっている。だから、梓の話はいつも適当に聞き流していた。

梓は実によく喋《しゃべ》る。自分の好きなことについてだけでなく、家族の話、ちょっと気になる男の子の話、包み隠さずなんでも言いたいようだ。知英はといえば、あまり自分のことは話したくないし、話すようなネタもない。恋人もいないし、恵まれた家庭でもない。自分の話なんて聞いたってつまらないに決まっている。

梓とは去年二年生のときに一般教養の授業で知り合った。偶然家が近くて、お互いの家に遊びに行ったこともあり、溝口のクレープ屋のアルバイトも一緒に始めた。あまり社交的ではなくどちらかというと友達を作るのが苦手な知英は、これまで梓ほど親しくなった友達はいなかった。知英にとって梓はかけがえのない存在だ。

梓は、知英が在日韓国人だと知ったらどんな反応を示すのだろうか。いくら梓がK－POPを好きだとしても、実は在日であるという事実を打ち明けるのは勇気がいる。

梓に限らず、誰にもそんなことを明かす筋合いはないし、わざわざ打ち明ける意味もないはずだ。たまに大学の友達が韓国や韓国人を見下すような会話をしているのを耳にすると、なおさら出自なんて隠しておきたくなる。

これまで在日韓国人であることを隠してきたから、特に差別を受けるようなことはなかった。母の言うように、在日韓国人であることは言わないでおくに越したことはないのだ。

だが、今日は、パスポートの名前が金田知英ではないこと、その色が緑色であることを梓に詳《つまび》らかにしなければならない。夏休みのグアム旅行に一緒に行く以上、隠し通すことはできないのだから。

やっぱり国内旅行にしてもらおうか。そうしたら言わなくてすむ。

少しでも待ち合わせの時間が遅くなってくれて助かった、と思いながら店内を一周した。

結局何も買わずにスーパーを出て、ドン・キホーテに向かう。ドンキは、時間を潰《つぶ》すには最適の場所だ。

額に汗がたらたらと流れる。今日は気温も真夏並みに高く、自然と速足になった。目的地に向かっていると、職安通りの反対側に、人だかりができているのに気づく。

知英が歩いている側の歩道もJRの高架下に近づくにつれて、人が多くなっていた。なにやら赤い風船を配る人がいる。

立ち止まって道路の向こうを眺めると、そこにはフラッグを持った男性や、揃いのTシャツを着ている老若男女がいる。遠くて文字はよく見えないが、プラカードを掲げて路上に立っている人たちも目に入る。

機動隊の姿もあり、尋常ではない雰囲気だ。なにごとかと不思議に思い、そのあたりを凝視していると、中年の女性に話しかけられた。彼女も先ほど見かけたTシャツと同じものを着ている。

「デモを止めようとしているんです」そう言って、二つ折りのカードを手渡してきた。開くとピンクのハートとともに、「仲良くしようぜ」の文字がある。

誰と誰が仲良くしようってことなのだろうか。デモって、いったいなんだろう。

ポカンとした顔だったのだろうか、カードをくれた女性が、「排外主義的なデモで、韓国を敵視したり、差別的な言葉を撒《ま》き散らしたりするんです。私たちはそれに対して……」と熱を持った調子で語り始めた。目が真剣すぎて、たじろぐ。

知英は、あ、わかりました、と彼女を制して、その場を離れる。もらったカードは目立たぬようにそのへんにそっと捨て置いた。

すぐ先にドンキを見つけたが、その周りにも人が溢《あふ》れていた。日曜日とはいえ、いつもこんなに人が多いのか。それともその「デモ」のせいなのか。

急に怒声が響いて、通りの反対側が騒がしくなってきた。帰れ、帰れ、というコールが繰り返される。

こちら側の人たちみんなが声の方向を見るが、屋台の韓国人らしき青年だけは、我関せずとひょうひょうとして、パンケーキに似た菓子を鉄板で焼いている。アイドルか俳髪をアッシュカラーに染め、前髪が長いヘアスタイルにしている。アイドルか俳優を意識しているのかもしれないが、顔はいたって素朴な印象だし、ナルシストっぽい気取った感じはなかった。年齢は知英より二、三歳上くらいだろうか。

知英は、屋台に近づいて、青年に声をかけた。

「それ、なんですか？」

「ホットク。韓国のおやつ」

笑うと一重の目がさらに細くなって、優しそうに見える。つ、の発音がチュ、に近く響くのが、いかにも韓国人っぽい。

「暑いですよね。私もアルバイトでクレープ焼いてるから、わかります。夏は辛《つら》いです」

必要以上に馴《な》れ馴《な》れしかったかもしれないが、意識を周りから離したくて、いつもより口数が多くなってしまう。似たようなアルバイトをしていることにもシンパシーを感じた。

「だいじょぶです」青年は答えて、「食べますか？」と人懐っこい笑顔で訊いてくる。

　これからサムギョプサルという豚の三枚肉の料理を食べる予定なので、お腹《なか》にたまる粉物はどう考えても避けた方がいい。暑い中、焼き菓子を食べる気分でもなかった。

　それでも、彼ともう少し話していたかった。相変わらず聞こえる「帰れ」コールの中、騒然とした通りの向こうの様子をまったく気にしていない態度に、親しみを覚える。

　自分と同様、きっと彼はなにかを拒絶している。壁を作っている。あえて見ないように、気にしないようにしている。

「じゃあひとつください」プレーンな味を注文し、料金を支払う。

　知英はホットクを作る彼の手元をじっと見ていた。横で中年のおばさん二人が顔をしかめて通りに視線をやりながら、まったく迷惑よねえと言い合っている。

　その声に反応し、彼が上目遣いにちらりと通りを見た。知英と目が合い、薄く笑う。

「またやってますね」ため息交じりにつぶやいた。

　どう答えればいいか戸惑い、言葉を探していると、「僕たちをすごく嫌いな人たちがいるんです」と続けた。すごく、を強調したのが、知英の耳に残る。

彼はポーカーフェイスに戻り、ホットクを焼く。とても冷めた目だ。知英は黙って彼の作業を見守った。

隊列をなした集団が近づいてきた。

あたりが騒然となる。

隊列の外側は機動隊が歩き、その周りをさらに人が囲んで、怒鳴ったり悪態をついたりしている。人々がなにを言っているのか、ここからではよくわからないし、隊列の人々の様子もまったく見えない。

だが、スピーカーで喚《わめ》いている女性の声は、耳に入ってきた。

「朝鮮人」「韓国人」、という単語がはっきりと聞こえる。

「ぶっ殺せ」

「絞め殺せ」

「ソウルの街を焼き討ちにするぞ」

「新大久保にガス室を作るぞ」

耳を塞《ふさ》ぎたくなるような言葉が繰り返され、知英の胸は締め付けられるように苦しくなってくる。

ホットクを焼く青年を盗み見ると、彼は先ほどとまったく表情を変えずに、ホットクをひっくり返し、仕上げにかかっていた。

今度は「在日」という単語が聞こえてきて、反射的に通りの方を向く。

「首をつれ」

「毒を飲め」

「帰れ、犯罪者」

「海に沈めろ」

むき出しの憎悪が知英に向かって飛んでくる。

いつもは在日韓国人であることを忘れているぐらいなのだから、自分とは関係ない。知りもしない人たちにあれこれ言われてもなんとも思わない。だから、こんなことで傷つかない。

必死に心の内で言い聞かせるが、胸の苦しさはくすぶり続ける。

下唇をぎゅっと嚙《か》んで通りを眺めていると、暴言を吐く集団に対して、周りを囲んでいる人たちが「帰れ、帰れ」と声をはりあげて抗議し、差別的な言動をかき消そうとしていることがわかってきた。

喧騒《けんそう》とともに知英の前を隊列が通り過ぎると、周りの人たちもそれを追いかけていく。興奮して顔が紅潮している女性や、拳《こぶし》を振り上げている男性に圧倒された。

「はい、できました」

声に振り返ると、ホットクを差し出して、韓国人青年が微笑《ほほえ》んでいる。だけど目は笑っていなかった。口元だけで無理に笑顔を作っているように、知英には見えた。

梓は、可愛《かわい》らしい顔と華奢《きゃしゃ》な体に似合わずよく食べる。レイヤーの入った髪を耳にかけ、鉄板で焼いた豚の三枚肉にキムチとネギを載せてサンチュで包み、豪快にそれをほおばりながら、公式グッズがなかなか見つからなかったことや、ショップにいたおばさんたちの荷物が邪魔だったことなどをぺらぺらとまくし立てた。唇が三枚肉の脂でぬめぬめとしている。それが梓の舌をいつも以上になめらかにしているのかもしれない。

知英は話を聞きながら、小皿に取った豚肉を箸《はし》でちぎっていた。

「知英も食べなよー。美味《おい》しいよ」

梓は知英が料理にほとんど手をつけていないことに気づいたようだ。

「もしかして、お腹すいてないの？」

知英はうなずく。デモのことがショックで食欲がない。ホットクにも口をつけられなかった。

「待ち合わせ前に何か食べたとか？」

「ううん、朝が遅かったから」まさか本当のことは言いにくい。

「そういえば、知英、待ち合わせまではなにしてたの？」

「ドンキで時間潰してた」

「ドンキ？」梓のテンションが急にあがる。

「そっちの方でデモがあったでしょ。さっきBOICE《ボイス》の人のTwitter《ツイッター》でまわってきた。あ、ボイスってね、CNBLUEのファンクラブのことなの。あのデモ、ほんっと、ひどいよね、私も見とけばよかった。あんなことするなんて許せないよね」

「あ、う、うん」先ほどのデモの様子が蘇《よみがえ》り、喉《のど》に苦いものが上がってくる。

「デモ、動画では見たことあるけど、知英は見たの？」

見たもなにも、そのことには極力触れたくない。

「見てない。ドンキの店内にいたから」すらすらっと嘘《うそ》が出る。

「え。そうなの？　じゃあ、これ、見てみなよ、デモの動画」

梓がスマートフォンを操作しようとするのを、いまじゃなくていいよ、とさりげなく断った。

「そうだね」梓はあっさりとスマートフォンをテーブルの上に置く。

「旅行、早く決めちゃおうよ」

知英は皿を横に寄せて、料理のびっしり並んだテーブルに隙間《すきま》を作ると、持参したいくつかのパンフレットをバッグから取り出した。駅構内の旅行代理店や大学の生協でもらったものだ。

「ネットでよさそうだったのは、プリントアウトしてきたよ」梓もコピー用紙を出してテーブルの上に載せる。

エメラルドグリーンの海が表紙のパンフレットを見つめながら唾《つば》を飲み込む。すると、海の一部が赤く汚れていることに気づいた。キムチの汁がこぼれているのだ。知英は慌てておしぼりで拭き取る。

「やっぱりホテルどうするかだよね。海沿いじゃなければ少し安いし、あと、フライトの時間帯かなあ。私としては、ホテルは……」

あのね、と知英にしては強い口調で話を遮ると、梓が驚いた顔をこちらに向けた。

「グアムじゃなくて、沖縄にしようよ」

「え？　なんでー」首をかしげている。

「沖縄の方が海は綺麗《きれい》だって言うし」

「でも、沖縄ってけっこう高いよー。それだったら、せっかくだし海外行こうよ。国内はいつでも行けるよ」

「うん……」

やはり国内旅行は賛成してもらえそうにない。勇気を出して告白しなければならなそうだ。

知英は、もう一度唾を飲み込んだ。

「ちょっと梓に聞いてほしいんだけど。真面目《まじめ》な話なの」

「なに？　知英の顔、ちょっとこわいんですけど」

梓がおどけて頬《ほお》に手を当て、にまっと笑う。知英は感情を一ミリも表さないように細心の注意を払って、無表情の仮面をかぶる。

「真面目な話だから」

「急に、どうしたの」梓が不安げな顔になる。

知英は、バッグからパスポートを取り出して、パンフレットの上にそっと重ね置いた。

緑色の冊子。ハングルの文字。

梓は目を見開き、硬い表情でパスポートに手を伸ばし、ページを開いた。そして、知英の写真と面前の知英自身とを見比べ、「へえー」と表情を和らげた。

「やっぱりジヨンっていうんだ。可愛い名前だよね」

梓は、パスポートを知英に返してきた。予想外の反応に戸惑う。

「驚かないの？」

「なんとなくそうかなって」

知英は、肩すかしをくらったような気持ちで返す言葉を失っていた。別に大げさに驚いてもらいたいわけでもなかったけれど。

「知英って名前の漢字、KARA《カラ》のジヨンと同じで、なんとなく韓国っぽいじゃん。それにさ、金田だから、もしかして金さんかなあとか」

梓は韓国の女性アイドルグループの名前を出した。日本でも人気があったので、知英も知っていたが、メンバーの名前までは知らなかった。

つまり知英の名前は、わかる人にはわかる字面《じづら》だったのか。金田という中途半端な苗字《みょうじ》も恨めしい。

「じゃあ、説明はいらないよね」知英はパスポートをバッグの奥に突っ込む。

梓が、私さあ、と真剣な面持ちで知英を見つめる。

「韓国人の友達が欲しかったの」梓はしきりにうなずいている。

「そうなんだ」と梓の視線から逃れて答える。梓の反応はちょっとずれているような気がして、しっくりしない。

それからは梓からの質問攻めだった。梓がどこかうきうきしているように知英の目には映った。

パスポートを取得して初めて、慶尚北道《けいしょうほくどう》の大邱《テグ》というところが本籍地だと知ったと言うと、梓に「信じらんない」と驚かれた。

「だって、本籍地がどこか知らなかったなんて」

「韓国に一度も行ったことないし」

「行ってみたくないの？　自分の国でしょ」

「別に。特には。機会もなかったし。うち、親戚づきあいとかも、まったくないし」

続けて父親は亡くなっていること、もともと両親とも東京の出身だが父の死後は、スナックや飲食店を営んでは畳むことを繰り返す母とともに神奈川や静岡を転々としていて、中学からは駅近くでスナックを営む母とともに溝口のいまのマンションに住んでいることを話した。ここまで詳しく家庭の事情を話したのは、梓が初めてだ。

ただ、幼い頃は朝鮮籍だったことは、言わないでおく。自分が韓国人だということを十六歳まで知らなかったという事情も端折《はしょ》った。複雑なので説明を始めたらきりがないし、梓にはわからないことも多いだろう。

父が自殺したことも伏せた。このことは、知英自身も極力忘れるようにしている。どうして自殺したのか。在日だったからか。それともほかにあったのか。考え始めると辛《つら》くなるし、真実を知るのが怖くて母に尋ねたこともない。母も父の自殺については決して触れなかった。

知英は自分自身について梓に語りながらも、感情をそこにのせずに伝えるように努めた。あまりに特殊な生い立ちであることを気にしていると見られたくなかった。可哀想《かわいそう》な境遇だと思われたくなかった。

「お父さん、亡くなったんだ」

梓は涙ぐんでいた。それはきっと、知英の苦手な、同情ってやつだ。

「どんな人だったの?」

「三歳のときに死んだからほとんど覚えていないけど、音楽が好きだったみたい。ギター弾いてる写真がいっぱいあるの」

引越しを繰り返しても、母は必ず父の形見のアコースティックギターを手離さなかった。たぶんいまも母の部屋のクローゼットの中に、ケースに入れられて置いてあるはずだ。

「病気?」

「胃癌《いがん》だったみたい」いつもそう答えることにしている。

「お父さんいなくて寂しくなかった?」

「ぜんぜん。最初っからいないみたいな感じ」

「転校多くて、辛くなかった? 在日韓国人だといろいろあったんじゃない?」

「別に大丈夫だったよ」

転校の度に友達に馴染むのに苦労したが、それは国籍の問題ではない。

「そうだよね、知英、ぜんぜん、日本人に見えるもんね」

ありがとう、と答えるがうっすらとした違和感が残る。

「ていうことはさ、知英も私と同じで、溝口がふるさとってことだよね。どっちかっていうと、日本が自分の国って思うでしょ」

ふるさとなんて、どこにもないような気がする。

韓国にも北朝鮮にも日本にも、特別な感情はない。だけどそういった考えも説明が難しく、梓が理解できるようにうまく言える自信もなかった。

「まあそうだね」適当に答えておく。

「でも、知英があのデモ見たら、さすがに傷つくよね。私だってこんなに腹立つんだもん。当事者だったら、やだよね」梓が蒸し返す。

別にそうでもないと思うよ、とホットクを焼いていた青年の顔を思い浮かべながら答えた。

「ねえ、知英、よかったらさあ」梓が身を乗り出して、顔を近づけてくる。

「グアムじゃなくて、ソウルにしない？」満面の笑みになる。

知英は、へ、と間抜けな返答になってしまう。

「ソウル？」聞き間違いではないかと繰り返してみる。

「グアムと値段変わんないでしょ。むしろ安いんじゃないかな。近いしさ。私、前からずーっと行きたかったの。知英もソウルに行ったら、自分の国、好きになれるよ、きっと」

目を輝かせている梓に、韓国を自分の国とは思っていないと説明する気力もなかった。積極的に好きになりたいわけではないことも、たぶん理解されないだろう。梓はおそらく善意から言葉を発していて、彼女なりに知英を気遣っているに違いない。だとしたら、なおさら水をかけるようなことは言えない。

「考えてみてね。すぐには返事しなくていいから。でも、夏休みが始まる前までには決めてね」

そう言うと梓はグアム旅行の資料を片付け始めた。


フライト中、初めての飛行機搭乗《とうじょう》に緊張していた知英とは異なり、梓は終始浮かれた様子で念入りにガイドブックをチェックしていた。着陸して空港施設内に入ってからも興奮気味にどんどん先を行くので、追いかけるのが大変だった。

知英は仁川《インチョン》国際空港に降り立っても、不思議なほどなんの感慨もなかった。しかし成田の空気とは違う匂い、質感だった。普段はあまり気にならない人々の体臭と空気の圧を強く感じる。

入国審査は、かなり身構えた。無愛想な審査官はパスポートから視線を移し、知英を一瞥《いちべつ》する。なにか韓国語で言われたが、まったくわからない。

「え？」と聞き返すと、スタンプを乱暴に押し、パスポートを閉じて突っ返してきた。

韓国語を話せないことを非難されたようで一瞬嫌な気持ちになったが、気を取り直し、荷物をピックアップした。それから現金を円からウォンに両替する。掌《てのひら》の上のウォン紙幣はおもちゃのお札みたいだ。

韓国人と日本人は似たような風貌《ふうぼう》なのに、話す言語、流通するお金が違うのかと、当然のことにあらためて気づく。

外に出て、リムジンバスの乗り場に行った。

太陽がまぶしい。東京より緯度が高いのに、ソウルは思ったよりも暑かった。

バスのチケットを売っていたおじさんに、梓が韓国語で話しかけ、お金を払う。するとおじさんは、上機嫌で梓にチケットを渡した。韓国語を話したから喜んだのだろうか。さっきの入管の人も、もし知英が韓国語を話せたら、もっと感じがよかったのだろうか。

「韓国語喋れるの？」

立て替えてくれたバスの代金を渡しつつ訊くと、梓は、NHKのテレビ講座とテキスト、ほかにもドラマや歌詞、ネットの動画などで覚えたので、簡単な会話程度ならできるという。実際に使えてよかったと満足そうだ。

赤いパスポートの梓は韓国語が話せて、緑色のパスポートの自分はさっぱりわからないという現実に軽く打ちのめされる。

この、国籍があるはずの国での自分は、ただのよそ者でしかないのだろうか。飛行機に乗ってこのまま日本にとんぼ返りしてしまいたくなる。

ソウルに来るのは乗り気ではなく、やはりグアムに行きたいと断るつもりだった。だが、いざ梓にメッセージを送ろうとスマートフォンを手にしたら、新大久保のデモの様子が頭に浮かんできた。

あの日以来よくデモの映像が頭に蘇って、その度に必死にそれを打ち消した。そして必ず、ホットクを焼いていた韓国人青年の冷め切った瞳《ひとみ》も思い出す。

知英の手が無意識に動いた。

「ソウルでいいよ」

送信してから、自分で自分の行動に説明がつかなくて、しばし呆然《ぼうぜん》としていた。

ソウルに来るまでのいきさつを思い返しながらバスに乗っていたが、なんとなく落ち着かない。しばらくして、車線が逆であることが違和感の原因だとわかった。それでも車窓から見える河の風景や街並みは、看板がハングルであることを除けば日本のものと似ていた。バスの中に流れる音声案内にも日本語がある。いかにも異国という情趣はないが、緊張はほぐれた。

並んで座る梓は、最初はしきりに話しかけてきたが、知英が生返事ばかりするので、諦めてさっきからｉＰｏｄで音楽を聴いている。

明洞《ミョンドン》という繁華街でバスを降りた。混雑した大通りを、ホテルまでキャリーバッグを引いて歩く。観光客や買い物客でにぎわっていて、歩きにくい。荷物も邪魔だ。

明洞の街は、知英たちの通う大学のある池袋によく似ていた。人ごみも、ごちゃごちゃとして騒がしい街の様子も、どこか見慣れた景色に思える。韓国料理店が立ち並ぶ新大久保のような街並みを想像していたが、むしろ東京の一般的な繁華街に近い雰囲気だった。スターバックスを始めとするコーヒーショップやカフェ、H&Mやユニクロなどのファストファッションが入ったビルもあり、ABCマート、雑貨店、飲食店などが並ぶ。ただ、韓国ブランドのコスメショップとさまざまな物を売る露店が多いことが、池袋と異なっていた。

コスメショップの店頭に立つ女の子が日本語で話しかけてくる。

「サンプルあげます、見るだけでもいいです」

ミニスカートにつけまつげ。見た目には日本の女子大生と変わらない。

「あとでシートマスク買わなきゃ。いっぱい店あるし、安そうだよね」梓が弾んだ声を出す。

コスメショップはほぼ五メートルおきにあり、時折中国語でも話しかけられる。

何人《なにじん》かなんてわかりはしない。

パスポートを見せて歩いているわけではないのだから。

日本人も中国人も韓国人も、肌の色は同じだ。仕草や雰囲気で、みんな勝手に判断している。

そう思うと、なんだかいろんなことがどうでも良くなり、いちいち考えている自分が馬鹿らしくなってきた。

「そうだね、まず買い物だね」梓に答えて、引きずっていたキャリーバッグを持ち直す。

繁華街の一角にあるホテルに荷物を置くやいなや、地下鉄の駅に向かう。券売機の前で買い方がよくわからず困っていると、親切な女の子がどこからか近寄ってきてやり方を教えてくれた。

「日本語もあります」

彼女が画面をタッチすると、日本語の表示になる。ICカードを購入するシステムで、行き先の駅名の番号を入力してお金を入れたら無事にカードを買うことができた。彼女にお礼を言うと、日本語を使えたからありがとうと逆に感謝された。日本語を習っている大学生だそうだ。

「いい人だったねえ。こっちの人、情があるって言うけどホントだね」

ホームで電車を待つ間、梓が感に堪えない様子で言ったが、それはちょっと大げさではないだろうか。たまたまいい人だっただけなのかもしれない。

「そうだね」

それでも反論はせずに受け流した。一緒に旅をする以上、梓の機嫌を損ねたくない。

知英は、ソウルに行くと告げたときの母の反応を思い出す。

「なんで韓国なの？」

母は、信じられないとでも言いたげに大きく頭を振った。

「海外に行ってみたいから。近いし。二泊だけだし」

「いままでせっかく在日社会とも韓国ともかかわらないで、あんたにも韓国人であることをなるべく意識させないようにしてきたのにねえ。わざわざ自分から行くなんて」

「世界遺産があるんだよ。それを観《み》てこようと思って」

「あんた、日本の世界遺産だって行ったことないのに」

「世界遺産のほかにも面白そうなとこいっぱいあるんだよ。買い物もできそうだし」

「でもねえ……あっちの人は在日にも冷たいらしいから」

「日本人のつもりで行くから平気だよ」

「だとしたら、なおさら心配よ。特にいまは、あれじゃない、日本と韓国の関係がね。ソウルなんか行ったら、あんたが嫌な思いをするんじゃないかしらね」

「ママ、韓国に行ったことあるの？」

「ないわよ」

「じゃあ行ってみないとわかんないよね」

「でも、そういう話よく聞くじゃない。韓国人は昔から日本人を嫌ってるから。あんたが行くのが心配よ」

「大丈夫だよ。梓も一緒だから」

「くれぐれも気をつけなさい。なんかあったらすぐに電話して。連絡もまめにちょうだいよ」

「わかった。気をつける」

母はそれから「お土産はいらないから、美味しいものでも食べなさい」と、一万円をくれたのだった。

梓とともに地下鉄を二駅ほど乗って東大門《トンデムン》に行った。地下鉄はソウル市内に路線が張り巡らされ、移動に便利だ。ホームも安全だし、車両も清潔で、日本語のアナウンスや表示もある。

東大門は衣類の問屋街で、ファッションビルがいくつかあり、その中に小さな店舗がひしめいている。値段が安く、品数も豊富だ。カタコトの日本語を話す店員も親切だった。知英と梓は夜遅くまで歩き回り、バッグと靴、何着かの洋服を買った。最後には汗を大量にかきながらタッカンマリという鶏鍋《とりなべ》料理を満腹になるまで食べ、タクシーでホテルに戻った。

日本人だからといって、言い換えれば、日本人に見えたからといって、嫌な思いをすることなど、少なくとも東大門では一度もなかった。

翌日は梓と別行動をとった。

ソウルに来る前、旅行の予定を話し合ったとき、梓は二日目に江南《カンナム》でK－POPの芸能事務所をめぐったり、アイドルたちのゆかりの店を訪ねたりしたいと言ったが、知英はそれを断った。梓はよっぽど韓国のエンターテインメントが好きらしい。そこまで興味のない知英は、水原華城《スウォンファソン》という世界遺産を観に行こうと提案した。

「水原華城は、十八世紀末に朝鮮王朝後期の二十二代の王、正祖《チョンジョ》が、政争により悲運の死を遂げた父を悼み三年近くの歳月をかけて造り上げた城郭で、朝鮮古来の築城法に加え、石とレンガの併用といった西洋の建築技法を清《しん》から導入し、機能性と建築美を兼ね備え、ユネスコ世界文化遺産に登録されている」と、ガイドブックを読み上げたが、「歴史に興味ないんだよね」とにべもなく却下された。

妥協して、ソウル市内にも昌徳宮《チャンドックン》という世界遺産があり、王宮の庭が綺麗だから観に行かないかと誘ったが、こちらも興味がないと言う。

それなら一日だけ別々に動こうと知英が強く主張すると、「一緒に旅行する意味がないけどなあ」と梓は不満顔だった。それでも、渋々ながら知英の申し出を承諾してくれた。

母に告げた手前もあり、水原華城は絶対に訪ねなければならない。

以前テレビ番組を観て、パスポートを持つことになったら世界遺産を回ってみたいと思ったことがあるのは事実だ。だが正直言って、特別に関心があるわけでもない。歴史にも詳しくないし、観光名所マニアでもないけれど、知英にとって、「世界遺産を観に行く」ことは、ソウルに来た自分を納得させるために、極めて重要なことなのだ。

つまり、自分の国に来たかったわけではない、ということだ。

地下鉄と電車を乗り継ぎ一時間半ほどで水原駅に着いたが、ソウル市内と違って日本語や英語の表記が見つからず、右も左もわからない。ガイドブックやネット情報によれば改札口を出て階段を降りたところに観光案内所があるはずだ。しかし、それらしきものはいっこうに見当たらない。駅前をうろついたが埒《らち》があかないので、バスを待つ同世代らしきカップルに華城までの道を尋ねることにした。

何語で話しかければいいのか？

とりあえず英語だろう。世界共通、最強の言語、英語しかない。

「エクスキューズミー」おそるおそる声をかけた。英語は得意科目だが、会話に自信はない。

カップルが同時に知英を見つめる。

思い切り日本人的発音《ジャパニーズイングリッシュ》で華城までの道を訊くと、二人は身振り手振りを交えて丁寧に説明してくれた。韓国語なまりの英語は聞き取りにくかったが、少し先に華城行きのバス乗り場があることがわかった。

サンキューサンキューと頭を下げ、明るく手を振るカップルに手を振り返しながら、曲がりなりにも自分の国籍がある国なのに、英語でコミュニケーションは不自然じゃないかと思う。

いやいや、そんな気持ちがこじれるような、頭の中がこんがらがるようなことは考えないようにしようと、生じたばかりの疑問を打ち消す。

城壁に囲まれた古い城には、朝鮮王朝時代の悲劇のエピソードがあり、それにまつわるドラマが最近日本でも放映されたらしい。そのせいか、水原華城の敷地の入口ではツアーで来たらしき韓流好きおばさん集団を見かけた。旅行にしてはきらびやかなラメの入ったブラウスや花柄のワンピースを着ていて、かなり目立っている。大声で関西弁を喋り、とてもはしゃいでいた。

在日だのなんだのとややこしい出自と何も関係ない人はフットワーク軽く来韓し、無邪気に振る舞えるのか。

山の形状を利用して造られた長い城壁に沿って観光するのが王道のようだが、広い敷地内を歩いて回るのは大変そうだった。ショートパンツ姿の欧米人夫婦が敷地内を巡る華城列車に乗ろうと話しているのを耳にし、知英もそれに倣うことにした。夫婦のあとに続いて駐車場横の階段を上がると、列車の待合所があった。そこでチケットと日本語のパンフレットを受け取る。

照りつける日差しの中、延々と続く階段を上ったので汗だくだった。待合所横の自動販売機でミネラルウォーターを買おうと思ったが、高額紙幣しか持ち合わせがないので諦《あきら》め、木陰に備え付けられたベンチで列車を待った。

「よかったらどうぞ。小銭ないんでしょ」

目の前にミネラルウォーターのペットボトルを差し出された。顔を上げると、リュックサックを背負った若い男性が微笑んでいる。知英より四、五歳上だろうか。爽《さわ》やかな印象の人だ。

「え、でも」

「俺、暑くて二本買ったから、遠慮しなくていいよ」

「ありがとうございます。日本の方ですよね」

当たり前の質問をしながら、ペットボトルを受け取った。

「いや、厳密に言うと違うんだけどね」男性は知英の横に腰掛ける。

「在日韓国人だったんだけど帰化したからね。なんていうか、韓国系日本人かな」

おどけた表情で肩をすくめる。

知英は驚いて、なんと応じていいか迷い、そうなんですかとだけ答えた。

「俺、金田龍平《かねだりゅうへい》っていうの。君は？」

金田、と言うのがおおいにはばかられた。同じ苗字だから、感づかれるかもしれない。目の前であっけらかんと在日だと言う人に、同じようなテンションで打ち明けることなんて知英にはできなかった。親友の梓にすらかなりの勇気を出して告白したのに、赤の他人にこんなに屈託なく在日韓国人であったことを口にする人がいるなんて理解できない。

そもそも在日の知り合いはひとりもいないから自分と母親しか基準にならないが、在日韓国人ということは極力隠しておいた方がいいのではないのだろうか。それともここは韓国だから龍平は堂々と出自を明らかにしているのだろうか。あるいは、帰化しているから、もう日本人だから、在日だったと言えるのかもしれない。

ひょっとして自分もここで「在日韓国人の金田知英」と言ってしまえば、気が楽になるのだろうか。だけど、自分自身を韓国人だと思っていないのに、人に韓国人だと言うのはおかしいような気もする。同じ大学の韓国人留学生にだって日本人のふりをしているというのに。いきなり素直になんかなれるわけがない。打ち明けて、同胞だからと近づかれても韓国人という意識がなさすぎて、逆に申し訳がない。

頭の中でめまぐるしく考えをめぐらせる。黙っていたら龍平が、はははと笑い出した。

「怪しいもんじゃないよ。俺、院生なんだけど、日本の大学を休学してこっちの大学に留学してんの。夏休みに入ってひとりでいろいろ回ってんだ」

「私、知英です」苗字を端折って教える。

「ちえちゃんかぁ……」

漢字を訊かれたらどうしようかと思って緊張する。ソウルに住む龍平だったらKARAのジヨンと同じだと気づき、ピンと来るかもしれない。

「わりと古風な名前だね。最近のキラキラネームと違っていかにも日本人っぽいね」

漢字に関心がなくてよかったとほっとしたが、日本人っぽいと言われて後ろめたくなる。

列車が到着する。「一緒に乗ろうよ」とあまりに自然に促され、龍平と並んで座った。

華城列車は、のろし塔やレンガで築かれた城壁、門楼、見張り台など、主な見所を回っていく。龍平とお喋りしていたので、時折流れる日本語の解説はまったく頭に入ってこなかった。

龍平が韓国に来ようと思ったのは、帰化してからだそうだ。ずっと欲しかった日本のパスポートを手にしたら、逆に韓国のことが気になって仕方がなくなり、言葉も学びたくなったらしい。

「変だよね。それまでは、日本人になりたくてしょうがなくてさ。韓国人になんか産みやがって、って親を恨んだりしてたのに。就職や結婚のこと考えて日本に帰化したんだけど、帰化してみたら、韓国のことばっかり考えちゃうんだよ」

「そういうもんなんですか……」よくわからなかったが、調子を合わせて答える。

「おかしいよね。この気持ち、君にはわからないよね。ごめんね、俺、喋りすぎだよね。日本人の女の子と久しぶりに話したから調子に乗っちゃったよ」

「いえ、別に大丈夫です」

むしろ龍平の話に引き込まれていた。同じ車両には、龍平と知英の二人しかいなかった。歴史を刻んだ風光明媚《めいび》な景色を観ていても、龍平の顔につい目がいってしまう。

どちらかというと、シンプルなすっきりとした面立ちだ。何人《なにじん》と思うかと問われたら、日本人と答えるだろう。こちらの韓国人とは微妙に異なる仕草や話す言葉でそう思うのかもしれない。

会話は途切れずに続く。

「ちえちゃんは大学生？」

「はい、三年生です」

「若いなー」

「学部は？」

「英文です」

「大学は東京？」

「そうです」

「ちえちゃんは、どこ出身なの？」

「川崎市です。神奈川」

「もともと神奈川の人？　田舎は？」

田舎。知英の田舎はどこなのだろう。そんなものはないように思う。

「神奈川が長いです」ちょっと間があったうえ、質問の答えになっていなかったが、
龍平は、へえーと流してくれた。

「俺も神奈川だよ、横須賀《よこすか》。韓国籍だったときは、行ったこともない慶尚北道《キョンサンプクト》の大邸ってとこが本籍地だった。どこだよそれって感じだよね。で、韓国に留学したばかりの頃に、大邱に行ってみたんだ」

偶然に再び驚いて思わず息を呑《の》んだ。大邱は知英の本籍地でもある。苗字も同じ金だとすると、遠い親戚かなにかかもしれない。これまで在日の親戚も知り合いも友人もいなかったが、隣に座るさっき会ったばかりの龍平が、急にとても近しく感じられた。

もしかしてこれは運命なのだろうか。

「大邱に行ってみて、どんなふうに感じましたか?」突っ込んだ話を聞いてみたくなった。

「まあね。ここかあ、って感じ。なーんも思わなかったな。感動もぜんぜんしなかった。わりと綺麗な地方都市で、漢方薬を売る店が並ぶ通りとかあったけど、とりたてて特徴がある街でもなかったし。かっぱ寿司《ずし》があって笑っちゃったよ。ま、よその街、ここではない、って感じだよな」

それからしばらく龍平は口をつぐみ、景色を眺めていた。なにかを考えこんでいるような表情だった。

ここではない。

やっぱりそうなのか。

あらためて景色を見回してみる。たとえばここがあなたの祖国ですと言われても、知英自身との接点を見つけるのが難しいように、どこに行ったって、知英のルーツなんて見つけられないに違いない。

龍平の言うことは腑《ふ》に落ちる。彼とはわかり合えるなにかがあるのかもしれない。

「つまりさ」龍平が口を開いた。

「ここだ、ここが俺の国、俺の祖先がいたとこかって思えるかどうかは、要は好きになれるかなれないかって感じもしてね。俺、好きになろうと思って韓国来たし、暮らしてみてこの国を前よりか好きになった。飯はうまいし、面白い奴《やつ》もいっぱいいる。ところがさ、ここにいると日本いいよなって思うことも多いわけ。日本っていうか日本人の友達のことだったり、自分の住んでた横須賀とか、近所のラーメン屋とか狭い範囲だけど。結局さ、無理することもないって最近は思っちゃってんだよね。手放しに好きになれなくて苦しいなんて言いだしたら、病んじゃうよ。だから、国家と俺とは無関係。国と人間は別。いい奴もいれば嫌な奴もいるし、いい国もあれば虫の好かない国もあるよな」

知英は、相槌《あいづち》を打ち兼ねて、黙ったままでいた。そういうことを突き詰めて考えたことはないし、実を言うと、考えたくもなかった。

「ごめん、ごめん。つまんない話だよね」

「あ、いえ」

「俺、こっち来て、なんだかいろいろ考えちゃってさ。アイデンティティっていうの？ それと真正面にぶつかってるから、ついこういう話に熱が入っちゃってさ。言葉がまだ未熟なのもあるけど、韓国人の友達には在日っていう特殊な立場の気持ち、うまく伝えられなくて。まんま日本人なのに何言ってんの、みたいな反応されて傷ついたりね。だから誰かにこうして聞いてほしかったんだよね。日本人の君にはわかんないよね、こんなややこしい奴の話なんてさ。うざくてごめんね」

「そんな……謝らないでください。大丈夫です」知英の胸がざわざわとしてくる。

「日本人の君」と言われて、龍平に嘘をついていることが後ろめたくなる。

列車が斜面を上り、終点に近づく。龍平とここで別れるのかと思うと、今度は胸がきりきりと痛くなってくる。

龍平が、よかったら、と照れくさそうに頭に手をやった。

「ここから民俗村が近いんだけど、時間あったら一緒に行かない？」

知英は、ぜひぜひ、もちろん、と柄にもなく大きな声で答えた。

二人で民俗村を回るのは楽しかった。龍平はソウルに来てから韓国についてありとあらゆることをやみくもに学んだらしく、韓国の風俗や歴史にも通じていて、細かく解説してくれた。

民俗村は韓国の古民家が再現されていて、日本の江戸時代やそれ以前の生活と類似する点も多く、なかなか興味深い。途中で食べた韓国風定食も美味しかった。

民俗村から明洞までは、路線バスで帰った。龍平もソウル市内に住んでいるので、途中まで一緒だ。

知英は、大学やアルバイトの話をした。龍平は留学生ならではの失敗談を面白おかしく語ってくれた。初対面の相手とこんなにくだけて話すことができるとは、自分でも新しい発見だ。

龍平の降りる停留所の一つ手前に着くと、彼がスマートフォンを出して「カトクやってる？」と訊いてきた。

「なんですか、それ」

「アプリ。日本ではラインばっかりみたいだけど、こっちはKakaoTalk《カカオトーク》なんだよね」

龍平に教えてもらってアプリをダウンロードし、chieというＩＤを作って交換する。

「じゃあ、カトク送るからね」龍平はバスを降りた。

知英は、龍平の姿が小さくなるまで手を振り続けた。

ホテルに戻ると、梓がテレビの音楽番組を観ていた。ベッドの上には、CDやタレントグッズなどが置かれている。おそらく今日の戦利品だろう。

梓と連れ立って夜の明洞に出て、遅い夕食をとった。ソルロンタンという牛骨スープの専門店で、二十四時間営業している。

梓が今日一日の様子を事細かに報告するのを聞きながら、知英はずっと龍平のことを考えていた。

「知英、どうしたの？　疲れたの？　ぜんぜん食べてないじゃん」

梓に言われて「あ、なんでもない」と、器の中の白濁したスープをスプーンでかき混ぜる。

「世界遺産どうだった？」

「立派だったよ。そのあとに民俗村っていうのにも行ってね。そこも面白かった。韓国の昔の人の暮らしがよくわかった」

「へええ、よかったじゃん」梓はスープをずずっとすすった。

「もしかして知英、愛国心とか芽生えちゃったりして？」

知英のスプーンを持つ手が止まった。

そうなのだろうか。これはもしかしたら、韓国に対する愛着が芽生えたということなのだろうか。それとも、龍平と一緒だったから楽しくて興味を持てただけなのか。

愛国心という言葉を簡単に口にできる梓に対して、かすかな苛立《いらだ》ちも感じる。

「愛国心ってなんだろうね」

囁《ささや》くように言ってみたが、梓の耳には届かなかったようで、そうそう聞いてよー、と言いながらスープの中の牛肉を拾おうとする。

「SMの事務所の出待ちでね……」その後も延々と芸能事務所を巡った話を続けた。

知英は梓の話を聞き流しつつ、龍平と一緒だった時間を反芻《はんすう》していた。

ソウル最終日は、午前中からロッテ百貨店内の免税店や明洞の化粧品店、市内のスーパーマーケットなどに行ってお土産や化粧品を買い込んだ。どこに行っても中国語が飛び交っていて、中国人観光客で混雑していた。知英は母に韓国海苔《のり》の土産を買い、自分には多少の韓国コスメを手に入れた。免税店の店員は知英の緑色のパスポートを見ても、特に反応もせず淡々と日本語で処理してくれた。

夕方の便で帰るので、買い物を終えてすぐに空港行きのリムジンバスに乗った。車窓の風景を眺めながら、昨日の龍平との会話を思い返していると、スマートフォンに龍平からメッセージが届いた。

〈気をつけて帰ってね〉

〈また会えるといいね〉

知英は、〈ありがとう〉〈また〉と書いて送り返す。さらにスタンプを吟味していると、隣の梓が「誰？」と覗《のぞ》き込んできた。

「日本からだよ。ママ」とスマートフォンの画面を隠し、ごまかす。

カカオトークを使っているところを見られたら、いろいろ問いただされそうな気がしたのだ。母にはさっき〈いま空港に向かってる〉とラインメッセージを送ったので、あながち嘘でもない。〈ちっとも連絡なかったからすごく心配した〉と返事も来ている。

幸い梓は、「あっそうなんだー」とあまり気に留める様子もなく、iPodのイヤホンを耳にさした。

出国審査は入国のときと違って特に気になることもなかったし、空港内のカフェで最後に食べたパッピンスもおいしかった。飛行機に搭乗するときは、名残惜しくさえ感じた。二時間ほどのフライトはあっという間で、うとうとしていたら、もう成田に着いていた。

入国審査を終え荷物をピックアップし、税関審査に並んでいた。すると、知英の二人前にいた男性が審査官に突然怒鳴り始めた。

「お前ら、在日だと思ってなめてんじゃねえぞ。なんだ、その態度はよう」

柄の悪い男だった。中年なのに髪を金色に染め、アロハシャツをだらしなく第二ボタンまで開けていまどきださい金のネックレスを首に下げている。

周りには、眉《まゆ》をひそめて彼を見ている人もいれば、見て見ぬふりをしている人もいた。知英は正視することができず、うつむきがちにじっと順番を待っていた。

審査官は苦笑しながら男をなだめていたが、そのうち警備員が二人駆けつけた。男は別の場所に連れていかれる間もずっと喚き散らしていた。

「ああいうのがいるから、嫌われちゃうんだよね」

梓が背後でぼそっとつぶやいたのを、知英は聞き逃さなかった。

振り向いて「え？」と訊き返す。

「なんでもない、なんでもない。知英とあの人は、別だからね」耳元で囁くように弁明する。

いや、別なんかじゃない。自分もあの男も同じ在日韓国人なのだ。

自分の順番になった知英は、悪態をつかれていた審査官に緑色のパスポートと税関申告書を渡す。緊張したが、彼はいたって事務的だった。能面のような顔で税関申告書だけを受け取って知英を通してくれる。

ゲートを出ると、梓が「リムジンで帰る？　それとも京成？」とあくびをしながら訊いてきた。

梓の整った顔から目をそらす。

これ以上一緒にいるのは無理だ。一人になりたい。

「悪いけど、私ちょっと寄るとこあるから。ママに頼まれた用事。だから別々に帰ろう」その場で思いついた嘘を吐《つ》く。

「えぇっ、一緒に帰ろうよぉ」梓が甘えた声を出す。

「ごめん、ここでバイバイね」

知英は自分のキャリーバッグと土産物の荷物を持って、ひとりで出口に向かった。振り向かなかったから、そのあと梓がどうしたかはわからない。

空港の建物を出て、外の風に触れる。

やっぱりソウルとこことは匂いが違う。空気の密度も違う。むしむししているが、体に馴染んだ懐かしさがあった。

涙がほろほろと溢れ出てくる。

知英は、その場にしゃがみこむ。まぶたの奥に龍平の顔が浮かんでいた。

第二章　梓　Azusa

梓《あずさ》は先ほどから何度もスマートフォンの画面を確かめているが、時刻表示の数字はほとんど進んでいなかった。

午後二時の待ち合わせまではまだ十分もあるのに、いまかいまかと「ヨンワイプ」さんを待っている。

「ヨンワイプ」というのはツイッターのアカウント名だ。ヨンとは韓国のアイドルバンドCNBLUEのボーカル、ジョン・ヨンファの愛称で、ワイプとはwifeの韓国風発音だ。つまり、ジョン・ヨンファの妻という意味だとプロフィール欄にも記されている。彼女はジョン・ヨンファの熱心なファンなのだ。

平日にもかかわらず夏休みのせいか、JR山手線新大久保駅の改札口前は多くの人が行き来しており、梓のように人待ち顔で立っている者もちらほらと見受けられる。そのほとんどが女性で、広告宣伝のビラや新大久保の地図を配る韓国人青年に声をかけられると、なんとなく嬉《うれ》しそうだ。年配のグループもあれば、梓と同世代、あるいはもう少し若い高校生くらいの子たちの姿もある。

　駅前は高架下になっていて日陰なのだが、むせ返るような暑さは避けようがなく、額や腋《わき》に汗がじっとりと滲《にじ》んでくる。せっかくおしゃれをしてきたのに、これでは台無しだ。スマートフォンで時間を見たついでに気温をチェックしたら、今日の東京地方の最高気温は三十四度と示されている。

　梓は、緊張していた。ヨンワイプさんと会うのは初めてで、どんな人が来るのだろうかと想像してみるがイメージは浮かばない。ツイッターを始めたばかりで、子どものいない専業主婦だという。年上だとは思うが年齢までは知らない。

　あらかじめヨンワイプさん宛《あ》てに、「水色のワンピースを着ていて、茶色のバッグを持っています」とメッセージを送っておいた。返事には「赤いキャリーバッグに麦わら帽子をかぶっています」とあった。

　梓はそのような格好の女性が改札口から出てくるのを待った。

　あまりの暑さに息苦しさと喉《のど》の渇きを覚え、改札口のそばにある売店でミネラルウォーターを買う。ペットボトルの蓋《ふた》を開けてよく冷えた水を喉に流し込んでいると、あずっこさん、と声をかけられた。「あずっこ」とは梓のアカウント名だ。

目の前に、つばの広い麦わら帽子をかぶった中年女性が立っている。ファンデーションの厚塗りが目に付くヨンワイプさんは、梓の母親と同じぐらいの年齢、おそらく五十代前半であろうと思われた。思っていたよりもだいぶ年齢がいっている。

確かに赤いキャリーバッグを手にしており、襟と袖《そで》にレースのついた半袖Tシャツに長いスカートを穿《は》いていた。全身が白い服で、さらに腕まで達する白い長手袋もはめている。長手袋はきっと日焼け対策だろう。梓の母親も自転車に乗るときに同じような手袋をはめているが、フルタイムで会社勤めをしている母は、こんなふわふわとした格好をすることはない。

「ヨンワイプです。会えて嬉しい。若くて可愛《かわい》いのねえ」

梓は笑顔を引っ張り出して、「私もお会いできて嬉しいです」と答えた。年上なので、一応丁寧な言葉遣いを選んでおく。

「新大久保に来るのは初めてだから、本当に楽しみにしてたの」

ヨンワイプさんの唇は、朱赤の口紅が塗られていた。かなり気合を入れてきたようだ。梓もコンサートには最大限におしゃれをして臨むから、その気持ちはよくわかる。

「CNのグッズは買えました？」

「もう買いまくっちゃって、キャリーバッグがぱんぱん」

昨日、今日と、Ｚｅｐｐ東京でCNBLUEのライブがあって、梓はもちろん二日間とも参戦だ。

群馬県太田市《おおたし》に住んでいるヨンワイプさんは、朝早く電車に乗ってゆりかもめの青海駅《あおみえき》まで行き、会場の前で売っているグッズを購入してからここに来たのだそうだ。今日は会場近くのホテルに泊まる予定だと聞いている。

梓は、ヨンワイプさんからグッズ購入にも付き合ってほしいと言われたが、昨日すでに買っていたので断ってしまった。

昨日のライブは素晴らしかった。それでも、一人での参加はやはり寂しかった。感動を分かち合う仲間が欲しいと思った。だが、ツイッターのやりとりで親しくなったボイスたちは九州や東北に住んでおり、東京近辺の人は友達と一緒に行くようで、仲間に入れてとは頼みにくい感じだった。

だから昨晩［明日新大久保とライブに同行してくれる人を募集］とつぶやいていたヨンワイプさんを見つけて嬉しくなり、すぐにリプライを送ったのだった。

ライブの前後に聖地ともいえる新大久保に行く行為は、Ｋ－ＰＯＰファンのあいだでは珍しいことではない。気持ちも盛り上がるうえ、美味《おい》しいものも食べられる。

「まずはご飯ですね。ヨンワイプさん、行きたいお店とかありますか」

「よくわからないから、あずっこさんに任せるわ」

「ヨンファに似ている店員がいるカフェがネットで噂《うわさ》になってるんですけど、そこ、行ってみませんか。パンケーキとか食べられます。それとも、韓国料理がいいですか」

「ヨンファに似てる店員ですって！」ヨンワイプさんの目が輝いている。

「新しいお店みたいです。夜はお酒も出すらしいですよ。私もまだ行ったことないんですけど」

「そこ、行きたいわ」

「わあ！　私も行ってみたかったので嬉しいです」

梓は浮き立つ気持ちでスマートフォンを操作し、カフェの地図を呼び出した。店は大久保通り沿いの建物の二階にあり、五分とかからない。

「こっちです」と大久保通りを明治通り方面に向かって歩き始める。ヨンワイプさんもキャリーバッグを引いてついてきた。

昼時《ひるどき》のピークを過ぎていたので、カフェは半分ほど席が空いていた。

店の中には大きなスクリーンがひとつと、映像モニターが二つあって、K－POPのミュージックビデオが流れている。カウンター席とテーブル席があるが、広さはちょうど高校の教室ぐらいだ。三十～四十人は入れるだろう。

窓際の席に案内してくれた店員は、背が高くて甘い顔立ちだったが、ヨンファには似ていなかった。

席に着くやいなや、ヨンワイプさんは周りをきょろきょろと見回した。

帽子を脱いだヨンワイプさんの髪の毛は肩まであって、白髪染めなのか、かなり明るい茶色だが、根元は染めむらが目立っている。

「今日はいないのかしら」ヨンワイプさんは残念そうに言った。

梓も店全体に視線をやった。フロアにいる店員二人は、ある程度のイケメンだが、ヨンファには似ていない。

「あずっこさん、昨日のライブはどうだった？」

「すっごい良かったですよ。インディーズの頃の曲もやってくれて。席遠かったですけど、生《なま》ヨンファは素敵すぎました」昨晩のライブを思い浮かべると幸せな気持ちになる。

「楽しみだわあ。ライブって初めて。あずっこさんはいつからCNペン《CNBLUEのファン》なの」

「もともとSHINee《シャイニー》が好きでした。いまでもSMのアーティストはけっこうどのグループも気に入ってます。CNペンになったのは三年ぐらい前、『美男《イケメン》ですね』のドラマに出てたヨンファを見てからですね。それからヨンファを追っかけ始めて、ボイスにも入りました」

「私はね、最近観《み》た『オレのことスキでしょ。』っていうドラマからかなあ。それまではわりとドロドロ系の韓国ドラマが好きだったし、クォン・サンウのファンだったのね。でも、ヨンファに出会ってしまったから、ボイスにすぐ入っていまはヨンファ一筋」

「それじゃあ、ほかのK-POPはあまり聴かないんですか」

「韓国の音楽番組は最近になって見るようになったけど、CN以外は正直よくわからないのよね。ちょっとずつ知りたいから、あずっこさん、いろいろ教えてね」

本当は、先週行ったソウルで、江南《カンナム》の芸能事務所めぐりをしたときに知り合ったはなえちゃんとライブに行きたかったし、彼女と一緒に新大久保にも来たかった。はなえちゃんとなら、ほかのグループの話でも盛り上がれる。なにより年齢も近かった。

はなえちゃんとは、SHINeeが所属するSMエンターテインメントの建物の前で出待ちをしながらお喋《しゃべ》りをして意気投合した。彼女はEXO《エクソ》というボーイズグループの熱心なファンで、CNBLUEのジョンヒョンも好きだという。はなえちゃんを今回のライブに誘ってみたが、「お金を出してまでCNのライブには行かないなあ」と断られてしまった。それでも夏休み中に新大久保に一緒に来ようと約束はしている。

大学の親しい友人のなかにはK－POP好きが少ない。「そんなの好きなの？韓国のものってださくない？」と、上から目線で言う友達もいて頭にくる。SUPER JUNIOR《スーパージュニア》ペンの同級生もいたが、その子は彼氏ができると、「俺の嫌いな韓国のものを好きになるのは止《や》めろ」と言われたとかで、梓にまでよそよそしくなってしまった。知英に話しても反応が薄い。したがって、梓はツイッターを通じてボイスの仲間と交流をするか、はなえちゃんとラインでお喋りをするぐらいしかできなかった。好きなものを一緒に差し向かいで語れる人と出会いたかった。

ヨンワイプさんと、K－POPの話ができるのではないかと期待していた。好きなものが一緒なら、年齢の違いや環境の違いなどの垣根を越えられると思っていた。だからヨンワイプさんの反応が少しだけ残念だった。それでも韓流ドラマの話をしていると、しだいに楽しくなってくる。

「新大久保って、ほんとに人がいっぱいなのね。あとでショップも行ってみたいわ」

ヨンワイプさんが大久保通りを歩く人々を窓から見下ろす。

「以前よりは人がかなり減ったんですよ」

「え？　そうなの？　なんで？」ヨンワイプさんは、こちらを向いた。

「デモがあって、人が減っちゃったんです。それだけじゃなく、嫌韓の人が増えているみたいで、それも影響してるらしいですよ」

「デモって、なにそれ？」

「ご存じないですか？」

「知らないけど」

「新大久保に変な人たちが来て、韓国人死ねとか叫んで練り歩くんです。あと、韓国のものを好きな女性のことを売春婦呼ばわりしたりとか」

「そんなひどいことを？　なんで？　誰が？」

「よくわかりません。映像あるので見てみますか」

ヨンワイプさんにスマートフォンを渡し、保存してあるデモの動画を見せた。

ミュージックビデオの音楽が騒がしくて聞こえにくいのか、ヨンワイプさんは、音量を少し大きくすると、眉《まゆ》をひそめて動画に見入った。梓は黙って見守っていたが、SHINeeの曲が聞こえてきたので、ミュージックビデオを映している画面に視線をやった。

そのとき、注文したパンケーキを運んできたのがヨンファに似た噂の店員だった。梓はその店員に目が釘付《くぎづ》けになる。ヨンワイプさんは動画を熱心に見ていてまったく気づいていない。声をかけるにはタイミングが悪くそのままにしておいた。あとで教えてあげればよいだろう。

噂にたがわず、店員はジョン・ヨンファに実によく似ている。頬骨《ほおぼね》が少しだけ出ており、ヨンファよりも全体的に骨格がごつい感じで背も低く、髪も少し短めだが、涼しげな横顔などは瓜二つ《うりふた》だ。柔らかい笑顔を向けられると、ヨンファに微笑《ほほえ》まれていると錯覚しそうになる。

彼は、漏れ聞こえる音に反応して、ヨンワイプさんの持つスマートフォンの画面にちらっと視線を向けたが、すぐにテーブルから去っていった。

ミュージックビデオの曲が少女時代《しょうじょじだい》からINFINITE《インフィニット》に変わる頃《ころ》、見るに耐えかねたのかヨンワイプさんが「もういいわ」と、スマートフォンを返してきた。

「なんなのこの人たち。なにを言いたいのかもよくわからない」

憤ったヨンワイプさんはパンケーキにフォークをぐさりと刺して、ナイフで力強く切った。

母親にデモの動画を見せても、「一部のおかしな人がやっているだけだから、ほっておけばいい」と言われた。父親は「そんなのにかかわるな」と、動画を見てもくれなかった。知英は仕方ないにしても、大学の友人たちだってまったく興味を示さない。そんな反応に梓は苛立《いらだ》ちを覚えていた。

だけどヨンワイプさんは、梓と同じようにデモをする憎い奴《やつ》らに激しく怒ってくれている。通じた、と思った。

「こういうの、放置していいのかしら」ヨンワイプさんがつぶやく。

「反対して行動している人たちもいるみたいです。その人たち、カウンターって呼ばれてるそうです。直接見たことないけど、私、ツイッターで何人かフォローしてます」

「その人たち、立派だわ。尊敬する。私もその人たちをフォローしよう。これ見たら、私だってなにかしなきゃって思うわよ。それが正しい反応よ。許しがたいもの」

「この動画を見ても腹が立たないのが不思議です。いくら韓国が嫌いでも、あんなにひどいことを言っちゃ、人としてダメって思わないのでしょうか」

「在日の人たちだって可哀想《かわいそう》。ひどすぎる」

「そうですよね。ほんっと」

「私には知り合いがいないけど、あなたの周りに在日の人っている？」

「はい。とても仲の良い友達だから、なおさら胸が痛いんです」

知英の顔を思い浮かべると、切なくなってくる。

「ヨンワイプさん、今度デモがあったら一緒に見に行ってみませんか」

「え？　デモを？」

「はい。ひとりで行くのは怖いけど、ヨンワイプさんと一緒なら大丈夫そう」

「そうね、行ってみましょう。実際に目の前で見たら、私、あいつらには石でも投げちゃうかもしれない。ヨンファたちのことひどく言われたら我慢できないもの」

「あ、ヨンファといえば、さっき例のヨンファ似の店員いましたよ」

「え？　どこどこ？」ヨンワイプさんは店内を見回す。

「あのカウンターのとこに」梓は控えめな動作で指差した。

「わあ、すごい。ほんとに似てるわねえ。かっこいいわあ」

ヨンワイプさんは目尻を下げて、はあー、とため息を吐《つ》く。

しばらくお喋りをしてからカフェを出て、韓流ショップとスーパーマーケットを見て回った。ヨンワイプさんは韓国のコスメをいくつかと食材を買った。梓がソウルで化粧品をたくさん買ったと言うと、いつか韓国に行ってみたいと羨《うらや》ましがっていた。

二日目のライブも夢のような時間だった。ヨンワイプさんとは席が離れていたが、帰りに合流すると、「感動した。すっかり若返った気分」と興奮していた。

イケメン四人のアイドルバンドにすっかり魂を抜かれ、なんの気力も湧《わ》かないというのに、翌日は午前中からクレープ屋でのアルバイトだ。ソウル旅行に行って以来会っていない知英も同じ時間のシフトに入っていたので、梓は彼女と顔を合わせるのにわずかに緊張していた。今日は長時間二人きりでクレープを作らなければならない。

成田に着いたら、それまで楽しく喋っていた知英がひとりで帰ってしまった。いつも梓の話を穏やかに聴いてくれるのに、知英は突然心を閉ざすようなところがあって、よくわからなくなる。そういう性質は複雑な家庭環境のせいだろうか。したがってそんなときは、あまりしつこく踏み込まない。だから知英とはラインでのやりとりもしばらくしていなかった。大学が夏休みというのも都合がよかった。

　更衣室でユニフォームの黒いTシャツに着替えていると、知英が現れた。長い髪を結んで着替え始める。知英はあまり表情が豊かではなく、愛想笑いもめったにしない。だから機嫌がいいのかどうかが判断しにくいが、とりあえず明るく「おっはよー」と声をかけてみる。

「おはよー。暑いねえ」と返してくれたのでとりあえずほっとする。今日は気まずい空気の中で働かずにすみそうだ。

　うだるような暑さなのに焼き菓子のクレープが売れるのかと思うが、アイスクリーム入りのクレープと、タピオカ入りドリンクが人気で、真夏でもクレープ屋は案外に忙しい。ランチタイムにはツナやチキン、卵などを具にして巻いたものがよく売れる。

　道路沿いの店舗は屋台のようなかたちで、エアコンがなく扇風機をつけている。梓はバテ気味だったが、客足が途絶えたときには、知英とお喋りした。ソウルで買った化粧品やハンドクリームがスグレモノだと意見が一致する。

「あずっこさん、ここ探しちゃったあ」午後二時頃、ヨンワイプさんが現れた。

そういえば昨日、「あずっこさんのアルバイト先に行ってみようかな」と言っていたような気がするが、すっかり忘れていた。

「帰る前に時間があったから来てみたの」

電車の中で脱いだのか、麦わら帽子はかぶっていなかったが、ヨンワイプさんは今日もファンデーションを顔に塗りたくっていて、さらに汗で崩れていた。手袋は外していたが、昨日と同じくフリルやレースのついた白い服を着ている。あらためて見ると、ちょっと変わった格好だ。

「それはわざわざすみません。クレープ食べますか」

「じゃあひとつお願いしようかな。どれがいいかしら」

ヨンワイプさんは扇子でパタパタと顔を扇《あお》ぎながら、美味しそう、と写真付きのメニューを眺める。

知英は「梓の知り合い？」と小声で訊《き》いてきた。

「あ、うん、そうなの」梓も小さな声で答えた。

「なんの知り合い？」

「あ、昨日CNのライブに一緒に行って」

「ふうん」知英はヨンワイプさんを横目でちらちらと眺めた。

その視線も仕方あるまいと思った。こんなおばさんが知り合いだと言われたら不思議に思うだろう。昨日のライブの行き帰りも、なんとなく人に見られているような気がしたものだった。梓は急に恥ずかしくなってきた。

「じゃあ、チョコバナナアイスにする」ヨンワイプさんはにっこりと微笑む。梓はヨンワイプさんから代金を受け取ると、すぐにクレープを焼き始めた。早く食べて、さっさと帰ってもらいたい。

「あなたが、あずっこさんの、在日のお友達よね？」

ヨンワイプさんが知英に話しかけているのを見てぎょっとした。

昨日ヨンワイプさんに、在日の友達は同級生かと訊かれたので、同じバイトもしていて明日はシフトが一緒だと説明をしたが、まさか知英に在日かと確かめるとは思わなかった。

まずい、と思った。黙って冷凍庫からアイスクリームを取り出しているが、知英が不機嫌になっているのは間違いないはずだ。

「私ね、昨日あずっこさんからデモの話聞いて、ホテルに帰ったあと携帯で検索してデモの動画をいっぱい見たの。もう、ほんとひどいとしか言いようがない。いままで知らなかったことが悔やまれる。見れば見るほどやっぱり許せない」

今度は梓に話しかけてくる。梓は、そうなんですかと答えるだけにとどめ、知英の手前ヨンワイプさんの言葉に反応しないでおいた。

梓は薄く焼いたクレープ生地を知英の前のまな板に移す。

知英が手際よく生クリーム、バナナ、アイスクリームを生地に載せ、最後にチョコレートソースをかけた。次に、鮮やかな手つきでクレープを巻き、紙に包んで目の前のヨンワイプさんに、どうぞと差し出す。クレープ作りは二人の連携プレーだ。

淡々として見える表情から、知英の感情は読み取れない。しかし、梓がヨンワイプさんに勝手に知英のことを話したので気分は良くないはずだ。梓ははらはらして、いてもたってもいられない。

ヨンワイプさんはクレープを受け取りながら、在日の人は辛《つら》いでしょ、と言った。

「あんなデモがあって、ターゲットにされたらたまらないでしょう。でも大丈夫。私、あなたやヨンファのために、立ち上がることにしたわ」

決意表明をしたヨンワイプさんの目に力がこもっている。

せっかく知英との隙間《すきま》が埋まったと思ったのに、ヨンワイプさんの登場で台無しになってしまった。

ヨンワイプさんが帰ったあと、知英はほとんど口をきいてくれなくなった。息の詰まりそうな雰囲気のなか、午後四時にバイトの交代時間となる。

更衣室で汗びっしょりのTシャツを脱ぎながら、おそるおそる知英に話しかけてみた。

「ねえ、知英」

「なに」

目は合わさないが、一応返事はしてくれた。

「帰り、お茶していかない？」

さすがにこのまま帰ってはいけないような気がしていた。どうにか少しでも修復したかった。

「いいよ」

承諾の返事が意外だった。

スターバックスに立ち寄る。梓はキャラメルフラペチーノ、知英はマンゴーパッションティーフラペチーノを持って席に着く。

梓は会話のきっかけがつかめないでいた。知英もなにも言わない。しばらくお互いに自分のフラペチーノをちゅるちゅると吸って、向かい合っているだけだった。

先にフラペチーノを飲み干した知英の視線は空の容器に注がれ、ストローで底をつついている。

梓は勇気を振り絞って「今日も暑かったねえ」と話しかけた。

知英はこちらを見ることなく、「そうだね」と答えただけだった。それ以上会話が続かず、ふたりの間にまた沈黙が流れる。店内に流れる音楽が一回りして、店に入ってきたときと同じ曲に戻った。

「ねえ、梓」

梓を見つめる知英の視線はいつもより鋭かった。容器をいじる手は止まっている。梓は、びくっとして、「う、うん」と答える。心臓がどきどきしてくる。

「私ね、梓に悪気がないのはわかってるんだけどね」

「さっきのおばさんに、知英のこと喋っちゃってごめんね。なんか、あの人に在日の知り合いはいるかって訊かれたから」機会を逃すまいと、すかさず弁明した。

「そのことは、もういいよ」

「あのおばさんにデモの動画を見せたの、そしたら……」

「あのね」うんざりしたような口調で、知英が梓の言葉を遮った。

「私が在日韓国人ってわかったとたんに、梓の私への見方っていうか、態度が急に変わるのっておかしくないかな」

「見方とか態度って？」梓は知英の言葉の意味がつかめなかった。

「私は、梓の友達で、大学の同級生だよ」

「そうだよね」

「だけどさ」知英は梓から視線を外し、ふたたび空の容器を手にして弄《もてあそ》び始める。

「いまは」知英の声がさっきより小さくなる。

「在日とか韓国人っていうお面を梓にかぶせられて、そのお面の顔でしか見られていないような気がするんだよね」知英の顔が悲しげだ。

「そういうつもりは……」

「つもりはなくても、私はそういう風に感じるし、すごく嫌なんだよ」知英はいつになくきつい調子で言った。

梓はどう答えていいかわからず、うなだれた。

「私、帰るね」知英が立ち上がる。

「知英、私の話も聞いてよ」梓は知英を見上げた。

「今日は無理。ごめんね」

知英は言い捨ててそのまま立ち去ってしまった。

取り残された梓は、三分の一ほど残っているキャラメルフラペチーノに口をつけた。舌に残る甘さがしつこくて、一口でやめた。立ち上がって水をもらいにいき、一気に飲む。知英の言葉が言いがかりのような気がしてきて、腹が立ってくる。知英のことでは、胸を痛めていたというのに。

梓はフラペチーノの残りを捨て、容器をダストボックスに乱暴に投げ入れた。

小田原《おだわら》の携帯ショップで働いているはなえちゃんの休みに合わせて、梓はまた新大久保に来た。お盆の時期とあって、ヨンワイプさんと来たときよりも人出が多い。

はなえちゃんは、オルチャンメイクがとっても上手だ。オルチャンとは韓国語で「オルグル」《顔》と「チャン」《最高》という単語を合わせて略したもので、美女とかイケメンのことを意味する。

オルチャンメイクは韓国の女の子が好むメイクだ。ファンデーションをばっちりと施し、アイラインをかなりはっきりと長く入れ、下まつげの周りはきらきらしたシャドーを散らし、唇はグロスの二色使いで立体的にする。

さらに、はなえちゃんはK－POPアイドル御用達ブランドのジョイリッチを女の子っぽく着こなし、リュックはもちろんMCMで、K－POPファンとしての完《かん》壁《ぺき》ぶりにため息が出る。ソウルにもしょっちゅう行っていて、新大久保にも詳しい。はなえちゃんに比べると自分なんてまだまだだ。

はなえちゃんに案内された韓国料理店で、カムジャタンというじゃがいもの鍋《なべ》を初めて食べた。辛いけれど美味しかった。その後、ヨンワイプさんとも一緒に行ったカフェに入る。

今日もヨンファに似た店員はちゃんといたので安心したが、同時に怖気《おじけ》づいてもしまう。

「なんか、勇気いるな」

梓はこれからヨンファ似の店員に話しかけるつもりなのだ。

気になる韓国人店員がいるとはなえちゃんに伝えたら、アドバイスをくれた。それは、「韓国語を勉強中だから教えてほしいと言って話しかければ、絶対に答えてくれる」というものだった。

そして今日それを実行することになった。はなえちゃんは、その作戦で気に入っていた店員と親しくなったそうだ。

「大丈夫だよ。あんまり混んでないから相手してくれるよ。それより、ちゃんと韓国語のテキスト持ってきた？」

梓は、うん、とうなずいた。

「でも、やっぱり恥ずかしいっていうか、無理っぽいよ」

「じゃあ、私が最初のきっかけ作るから」

注文を取りに来たのは幸いにもヨンファ似の店員だった。クールな表情でテーブル横に立っている。

「キウイスムージー、トゥゲジュセヨ《二つお願いします》」

はなえちゃんが言うと、ヨンファ似の店員は笑顔になった。

「私たち、韓国語勉強してるの。あとで時間あったら、ちょっと教えて」

「いいですよ」

「あの、名前も教えて」

「僕は、ジュンミン」

はなえちゃんの積極的なアプローチに目を丸くしていると、はなえちゃんが、

「私は、はなえ」と言ったのち、梓に目配せをした。

「私は梓です」

「はなえさんとあずささん」ジュンミンは繰り返して言うと、「じゃあ、あとで」とテーブルから去っていった。

あずさの「ず」の発音が「ジュ」に近く、K－POPアイドルの話す日本語みたいで胸がキュンとする。

「緊張したよぉ」梓は大きく息を吐いた。

「好感触っぽくて良かったよね。ていうか、やっぱり新大久保来るのっておばさんが多いみたいだから、うちらは若いってだけでも喜ばれるよ。梓ちゃんも私も可愛いしさ」はなえちゃんはいたずらっぽく笑った。

「そうだよね。ほんとおばさん多いよね。この間CNのライブ同行した人もかなりキテたよ」

「やっぱりぃ？」

「その人、ツイッターで私のフォロワーを全部フォローしてるから、はなえちゃんのこともフォローしてるはず」

「げー。それもしかして、ヨンワイプっていう人じゃない？」

「そうそう」

「メンション来て、フォローしますってあったから、あまり深く考えずにフォロバしちゃったんだよね。でも、なんか熱いツイートとかRT《リツイート》がやたら多くてウザイから外したの。そしたらさ、なんで外したんですか？　みたいなメンションが来た。

めんどくさって思ってブロックしちゃったよ」

「熱いっていうか、デモとかヘイトスピーチとか、カウンターのツイートでしょ」

「よくわかんないけど、くどくて長いんだもん。はいはい、って感じ。校長先生のお説教というか、道徳の時間のお話？　みたいな。差別はいけませんって、当たり前のことをしつこく言ってるし。正義感溢《あふ》れまくってて、マジ引くわー。あれ、私は立派ですっていうアピールなんじゃん？　痛いよねー」

確かにヨンワイプさんは、急に正義に目覚めたかのようにツイートをしまくっている。それもほとんどがデモやカウンター、ヘイトスピーチ、差別問題の話だった。差別的発言をしている人とやりあっているのもよく見かけるし、カウンターの人たちとも頻繁にやりとりをしていた。このあいだは神田《かんだ》のデモ現場に出向いて初めて実際のカウンターをしたようだ。あまり深く考えずにデモの動画を見せたのに、それがきっかけでヨンワイプさんが突っ走っていることに梓は戸惑っている。はたから見たら痛い人に見えていることにも、責任を感じてしまう。

「だけど、デモは本当にひどいんだよ」

「そうかもしれないけど、そういうのをわざわざ見たくないし、知りたくないな。正直、興味ないいんだよねえ。あたしはただKポ《K-POP》が好きでEXOを愛してるだけだもん」

はなえちゃんのような考えを持つ人が多いのだろうか。ツイッターのタイムラインでも、デモについて怒っているのは一部だけだ。それも春頃がピークで、いまではカウンターの人たちぐらいしか問題視していないように思える。

そんな状況なので、ヨンワイプさんが息巻いているのはとても目立つのだ。

梓はCNBLUEのことばかりつぶやいていてほとんど触れないが、デモについては強い怒りの感情がある。ヨンワイプさんみたいに、現場に行くようなことはしていないが、今度新大久保でデモがあったら阻止するために手伝いたいとは思っている。

知英は、クレープ屋のアルバイトを溝口店から自由が丘店に変えてしまった。スタバに寄った日以降、音信不通にもなっている。それでもはなえちゃんと親しくやりとりしていたので寂しくはなかった。話題に事欠かず、とても楽しかった。それなのにデモに興味がないと言われたことが意外で、悲しく、そのあとの言葉が継げずにいた。

「お待たせしました」タイミングよくジュンミンがキウイスムージーを運んできた。

「ジュンミン、いま時間大丈夫？」

はなえちゃんはずいぶん馴《な》れ馴《な》れしく話しかけているように思うが、ジュンミンはにこにこしている。やっぱりはなえちゃんが可愛いからに違いない。

「はい、ちょっとなら」

ジュンミンの柔和な笑顔は、折れかけた心を癒《いや》してくれる。

「ほら、梓ちゃん、テキスト、テキスト」

梓は慌ててバッグからテキストを取り出した。

「発音が難しいところがあるので、読んでもらっていい？」

ジュンミンにテキストを開いて見せると、彼はかがんで顔を寄せてきた。梓の心臓の鼓動が速くなる。

「あー、それは」

ジュンミンは梓の指差す文章をいくつかすらすらと読んでくれた。

「こっちもいいかな」梓はポスト・イットを貼っておいたページをめくり、疑問の箇所を指し示す。

よどみない発音で文章を読んでくれたジュンミンは、その後も少しの間テーブルにとどまってくれた。

はなえちゃんが、はにかむ梓の代わりに、彼に積極的に質問した。

ジュンミンの名前はイ・ジュンミンで、ヨンファと同じ釜山《プサン》出身の二十四歳。いまは夏休みだが、日本の大学に通っているそうだ。Facebook《フェイスブック》もやっているというので、その場で検索して友達申請を送った。ジュンミンはポケットからスマートフォンを取り出して、すぐに申請を承諾してくれた。

店内が混雑し始め、ジュンミンがテーブルを離れた。

「脈あるかもね。梓ちゃんの申請オッケーしてくれたもんね」

「そうかな」

不安げに言うと、「そうだよ」とはなえちゃんが力強くうなずいた。

「あとは梓ちゃんが頑張ればうまくいくよ。彼女いないって言ってたし。韓国人の男の子は、向こうから告白させるように仕向けたほうがいいよ。プライド高いから」

「そんな高度なテク、無理だよ。自信ない。知り合いになれただけで充分」

「えー、そうなの？　韓国人の男の子って尽くしてくれるし、グイグイ引っ張ってくれるからいいと思うよ。ぜったい付き合うなら韓国人だって。お姫様みたいな気持ちになれるもん」

「そうかなー」

「イケてる子はみんなそうだって」言い切ったあと、「実はね」と声を落とす。「韓国人と知り合えるK男子っていうアプリがあるの。あたし、そのアプリで二人と付き合ったことあるから間違いないよ」はなえちゃんは自信満々に微笑んだ。

大学の夏休みは長い。後期の授業が始まるのは十月なので、九月の声を聞いてもまだ一ヶ月近く休みがあった。

知英とは相変わらず音信不通だが、はなえちゃんとはラインで毎日のように会話をしている。話題はおもにK-POPのことで、ジュンミンのことをあおられたりもする。はなえちゃんは別のカフェの店員と親しくなり、いい感じで交際が始まっていたので、そののろけ話も多かった。ジュンミンを誘って四人で出かけようとも言われているが、梓にはそこまでする勇気がない。断られるのが怖かった。

ジュンミンとはフェイスブックでつながっているだけだ。あれからアルバイトに忙しくて、新大久保にも行っていない。溝口店では知英が抜け、新しいバイトの子もまだ入っていなかったため、駆り出される日が多かったのだ。

ツイッター上では、ヨンワイプさんのつぶやきがますます盛んになってきていた。CNBLUEや韓流の話は少なくなり、差別的な言動をする人たちに対しての攻撃的で乱暴な文言も増えてきた。デモに無関心な人への苛立ち、政府の姿勢への批判なども見られる。

梓は数々の言葉の勢いに気圧《けお》されて、ヨンワイプさんのツイートはつい流し読みになった。誰に対してであれ、汚い言葉やきつい物言い、あるいは罵倒《ばとう》の表現を目にするのは、気分が良くなかった。

はなえちゃんの言うように、見たくないというのも合点がいく。自分のタイムラインには、好き、かわいい、素敵、萌《も》え、といったような気持ちのいい言葉が並んでほしい。

そんなある日、〈しばらくなかったデモが新大久保で行われる予定だから、一緒にカウンターしましょう〉とヨンワイプさんからメッセージが届いた。

梓は、最初に会った日にこちらからデモを見に行ってみようとヨンワイプさんに持ちかけたにもかかわらず、いざ機会が訪れるとデモの現場に行くのに躊躇《ちゅうちょ》があった。

単純に「怖そう」な気がするのも気が引ける理由だ。動画を見る限りにおいては現場は騒然とした雰囲気だし、怒鳴り声や罵声《ばせい》が飛び交っているのが恐ろしかった。

それでもデモをこの目で見てみたいという衝動には抗《あらが》えなかった。そして、卑劣な集団に対して、ささやかでもいいから、なんらかの抵抗をしたいとも思った。

デモに反対するメッセージを掲げたプラカードを持つだけの人もいるとヨンワイプさんが言うので、それならできるかもしれない、行ってみようと自分を奮い立たせた。

いつも梓に幸せをくれるCNBLUEのメンバーや大切な友達の知英、なんの罪もないジュンミンたち新大久保で働く韓国人に対して、死ねとか虐殺してやるなんて言っている集団を見過ごすわけにはいかない。

約一ヶ月ぶりに新大久保駅の改札口前で会ったヨンワイプさんは、以前とはだいぶ感じが異なっていた。麦わら帽子はかぶっておらず黒いパンツに白いシャツで、化粧は変わらず濃いが引き締まった印象を受けた。髪の毛も束ねていてキリリとした表情だ。

「あずっこさん、一緒に闘いましょうね」

その芝居がかった調子に、喉に小骨がひっかかるような違和感を覚える。

「ところであなたがカウンターに参加するって言ったら、このあいだの在日のお友達はなんか言ってた？」

「参加することを言ってないです。デモの話とかできる雰囲気じゃなくて。彼女、在日韓国人ってことに触れられたくないみたいで」

「当事者が声をあげるのはしんどいわよね。だからこそ私たち日本人がカウンターしないと」きっぱりと言った。

「そうですね」

梓は知英の顔を思い浮かべ、次にジュンミンのことを考えた。彼らを傷つけるのはやっぱり許せない。

「そろそろ行きましょうか」

梓はヨンワイプさんに促されて、駅をあとにした。


デモの現場は予想していた以上に混沌《こんとん》としていた。ものすごい怒声が響きわたっている。

梓は、日本語と英語の両方で「ヘイトデモを止めて帰ろう」と書かれたプラカードを手に、少し離れた沿道からデモ隊の後を追った。終始隣にいたのはマスクをしたおとなしそうな中年の男性で、同じようにプラカードを持っていた。ヨンワイプさんは、デモ隊に張り付いて大声をはりあげている。勇ましい女闘士という風情だ。

デモ隊は集合場所の大久保公園を出発すると、職安通りを明治通りに向かった。警察と機動隊に守られてよく見えないが、拡声器越しの威勢のいい主張に比べ、隙間から時折目に入る参加者の顔つきはへらへらとしていて、拍子抜けするほどだった。

機動隊の周りをカウンター勢が距離をとって取り囲み、大きな声をあげていたが、明治通りを左折し大久保通りに入るとその距離がぐんと縮まった。カウンター勢の「帰れ」コールにかき消され、デモ隊の吐く差別的な言葉はまったく聞こえなくなっていた。

さらに激しい罵声と怒号の応酬が始まり、その剣幕に圧倒される。暴力的なエネルギーが満ち、いまにも爆発しそうな危うさが恐ろしくて足がすくむ。あやうく転びそうになった。

道行く人びとは、眉間《みけん》にしわを寄せたり首を左右に振ってため息を吐いたり、口を手で覆ったりして眺めている。プラカードを持つカウンター側の人に状況を質問している人もいた。

韓国コスメの店、韓国料理の店、カフェ、ホットク屋、そういった街の風景が歪《ゆが》んで見えて、梓は胸をかきむしられるような思いに駆られる。

自分はいったいなにをしているのだろう。こんな辛い思いをするためにわざわざ出向いてくる必要があったのだろうか。

梓は湧いてくる疑問を打ち消そうと、おぼつかない足取りながらデモ隊を必死に追いかけた。

驚いたのは、大久保通りに大勢のカウンターが寝転んだことだった。人数にして三十人はいただろうか。もちろんヨンワイプさんもだ。どうやらデモ隊の進路を塞《ふさ》ぐことが目的のようで、実際にデモ隊はそこで十五分あまり立ち往生した。ちょうど、ジュンミンの働くカフェの目の前あたりだ。

しかし寝転んだ人は全員、機動隊員二人がかりで手と足をつかまれ次々にごぼう抜きにされ、歩道に移されていった。もちろん、ヨンワイプさんも排除された。

梓はヨンワイプさんのそばに駆け寄った。ヨンワイプさんは髪が乱れ、顔が紅潮していたが怪我《けが》などはないようだった。すぐに立ち上がり、ふたたび行進を始めたデモ隊のあとを追って行く。梓もヨンワイプさんに続いた。

そのまま大久保通りを進んだデモ隊は、新大久保駅前、大久保駅前を通りすぎ、小滝橋《おたきばし》通りを左に曲がる。そして最後は柏木《かしわぎ》公園で解散した。醜い言葉を吐き続けた彼らは、機動隊に誘導されて新宿駅の方向へ静かに消えていく。その満足そうな顔に、ヨンワイプさんではないけれど、それこそ石でも投げつけたい気持ちになった。

このデモはいったいなんなのだろう。

梓の大好きな新大久保が、薄ら笑いを浮かべてヘイトスピーチを垂れ流す集団の醜い行為に深く傷つけられた。

K‐POPの聖地が、デモ隊とカウンターの激しい衝突で空気がかき乱され、戦場のようになってしまった。

悔しさとも腹立たしさとも言いようのない感情に飲み込まれ、目の前の景色が霞《かす》んでいく。

「このあと、時間ある？」

ヨンワイプさんに声をかけられ、意識を取り戻す。呆然《ぼうぜん》としていたようだ。

「カウンターの人たちと飲みに行くから、あずっこさんも来ない？　ご飯だけでも」

「いまからですか？」

「デモのあとはなんか心が殺伐としちゃうから、飲まずにはいられないのよ。それに、デモのおかげで店の人たちも迷惑したでしょうから、せめて新大久保にお金を落として帰らないと」

もっともなような気がしたが、今日初めて会った人たちと一緒に飲食店に行くような気力は残っておらず、用事があるからと誘いを断った。

新大久保の街は人通りが少なく、すっかり静かになっていた。デモのときの喧騒《けんそう》が嘘《うそ》のようである。

気持ちがささくれだったまま家に帰りたくはなくて、ジュンミンのいるカフェにひとりで入った。店はがらがらで、お客さんは女性二人連れがテーブル席にひと組いるだけだった。

「あれ、あずささん、ひとり?」

ジュンミンが朗らかな笑顔で迎え、カウンター席に案内してくれる。

ぼんやりとミュージックビデオを眺め、爽《さわ》やかな味のキウイスムージーをすすり、K-POPのサウンドに浸っていると、わずかだが癒される。

ジュンミンが梓の横に来た。

「どうしたの」心配そうな顔で訊いてくる。

ときどきフェイスブックのジュンミンの投稿に「いいね!」を押したり、軽いコメントをしたりする程度の仲なのに、打ち解けて話しかけてくれて嬉しい。

「うん、ちょっと」

「嫌なことあったの？　悲しそうな顔」

あらためて見るとジュンミンはヨンファよりもじゃっかん目が小さいかもしれない。だけどイケメンだ。そんなことを思いながらジュンミンの顔を見つめる。

「可愛いのに、ダメだよ、そんな顔したら」ジュンミンは、梓の頭をポンポンと叩《たた》いた。

韓国の男の子はこんな風にドラマと同じように女の子を褒めて、しかも心にぐっとくるタイミングで言葉をかけてくれるものなのかと感動する。

梓は泣きそうな気持ちになって、「ねえ、ジュンミン」と言った。

「今日、嫌なデモがこの店の前を通ったでしょ。あれ、私、そばで見てたんだよね。チンチャシロヨ《本当に嫌です》」

「あずささんはいい人だね」ジュンミンは真面目《まじめ》な顔になる。

「チョンマル《本当に》、カスミ《胸が》、アッパヨ《痛いです》」

梓は胸に手を当てて、トントンと叩いた。もともと言いたいことをそう我慢する性格でもないけれど、韓国ドラマのヒロインのように、感情表現がストレートになってしまう。

「僕たち、あれ、気にしないよ」

「でも迷惑でしょ。気分悪いよね」

「大丈夫。慣れてる」

あんなデモに慣れることなんてできるのだろうか。それは、麻痺《まひ》してしまったということなのではないだろうか。

「あの人たちだけじゃないから、僕たちを嫌いなの」

つまり、麻痺させないと日本では暮らしにくいということなのだろうか。

目を伏せたジュンミンの長いまつげにどきりとして落ち着かず、梓はスムージーの残りを飲みほした。

「ほかのもの、飲む？」

ジュンミンが訊いてきたので、「じゃあなんかあったかいの。紅茶かな」と答えた。

特に紅茶が飲みたいわけではないが、もう少しジュンミンのそばにいたいので注文した。

離れていくジュンミンの広い肩を見ていると、ますます胸が苦しくなってきた。

自分はどうすればいいのだろう。何かしたいと思うけれど、あまりにも無力だ。

勇気を持ってカウンターに加わってみたものの、結局は最後までデモを止めることができなかった。

見て見ぬふりをする人が多い中、身を挺《てい》してデモに抗する人びとに感動もした。立派だとももちろん思う。それなのに、自分がしたいのは本当はこんなことではないのだという感情が最後までつきまとっていた。

新大久保に来るときは、楽しい嬉しいという気持ちだけでいたい。嫌いな人をどうにかするのではなくて、好きな人をもっと深く好きになればいい、ミュージックビデオを眺めながら、梓はそう強く思った。

ジュンミンが紅茶を持ってきた。

「あずささんは、K－POPの誰が好きなの」スクリーンに視線をやりつつ訊いてくる。

フェイスブックには大学の友人が多いので、K－POP関連、韓国ネタは投稿していなかった。だからジュンミンは、梓がCNBLUEを好きだと知らないのだろう。CNBLUEと答えそうになって、ヨンファに似ているジュンミンの前でそれを口にするのは憚《はばか》られた。ジュンミンに、ヨンファのお面をかぶせたくないと思った。

「SHINeeかな」

「あー、僕も好き。かっこいいね。踊りが最高」

「だよね」

「ジュンミンは誰が好き？」

「少女時代《ソニョシデ》」

「この間ソウル行ったとき、SMエンターテインメントの事務所の前に行ったんだけど、少女時代のファンの男の子がいっぱいいたよ」

「あずささん、韓国よく行くの？」

「こないだ初めて行ったの」

「韓国、よかった？」

「すっごく楽しかった。また行きたい。韓国大好き」

嘘偽りのない感情だった。ジュンミンはにっこりして、じゃあ、と言った。

「釜山にも行ってみて」

「ジュンミンは釜山出身だったね。釜山も行ってみたいな」

釜山はヨンファの故郷でもあるから、本当に訪ねてみたいと思っている。

「いいとこだよ。行くときはいろいろ教えてあげる」

「嬉しいな。ジュンミンは東京以外、どこか行った？」

「まだあまり行ったことない」

「東京は、好き？」

「楽しい。すごく」

ふたたび笑顔になったジュンミンに、胸がどきりとする。

「いつこっちに来たの？」

「今年の春」

「まだ半年も経《た》ってないんだ。ジュンミン日本語うまいよね」

「韓国の大学でも、日本語勉強してた。日本のアニメとか見て、自分でも勉強した」

「ジュンミンは、日本の大学を卒業したらどうしたいの？」

「日本で働きたいけどいろいろ難しい。あと、僕たちのこと嫌いな人も多いから」

「悲しいよね」さっきのデモのことが蘇《よみがえ》る。

「私は韓国の人、大好きだよ」

「ありがとう」ジュンミンは目を細めて微笑んだ。

「韓国人を好きな女の子、私だけじゃなくて、ものすごくたくさんいるよね」

「日本の女の子は、優しい子が多い。だから、僕は日本人の女の子、大好き」

ライブでヨンファが言いそうなセリフをジュンミンが口にしたとき、梓の心臓は跳ねあがった。

第三章　ジュンミン　Jungmin

ジュンミンは、梓《あずさ》が残した紅茶をカウンターから片付けた。カップの縁《ふち》にうすく口紅が残っている。

梓の落ち込んでいた様子が頭の中に蘇《よみがえ》った。

デモを間近に見てきてショックだったようだが、自分に直接関《かか》わる問題ではないのだから、そんなに悲しまなくてもいいのにと思う。きっと優しい心根の女の子なのだろう。

梓の泣きそうな顔が頭から離れない。抱きしめてあげたくなるほど、切ない表情だった。

「すみませーん」

入口の方から女性の声がしたので近寄っていくと、六人の団体客だった。すでにほかの店で飲んで酔っ払っているらしく、酒臭い人が何人かいた。そのうち三人が同じデザインのグレーのTシャツを着ている。白いシャツの中年女性が「席ありますかー」と訊《き》いてきた。

「ちょっとお待ちください」と言って、席をセッティングする。店は空《す》いていたので、四人がけのテーブルを二つつけて彼らを誘導した。

「ほんとにヨンファに似てる。イケメンだわー」

言われ慣れているので、「そうですか」とお決まりの言葉を返した。女性の顔が赤いのは、アルコールのせいだろう。

「私、ここ来るの、二回目なのよ。覚えてるかな、私のこと？」

まったく記憶にないが、一応首をかしげてみる。

「ヨンワイプさんは綺麗《きれい》だし、印象的だから覚えられてるんじゃない」

Tシャツ姿の五十そこその男性がからかうように言うと、女性は、やっだーミチオさん、と彼の腕を叩《たた》いた。

ヨンワイプなる奇妙な呼び名の女性を綺麗というのは、おそらくお世辞だろう。女性が一人だけだから、ちやほやしているのかもしれない。日頃《ひごろ》から日本の中年女性には韓国の同年代の女性に比べて幼い印象を持っているが、ヨンワイプも、年齢にふさわしくないほど浮かれている感じがあった。化粧も濃すぎて不自然だ。そもそもヨンワイプというのはどういう意味なのかわかりかねる。もしヨンがヨンファでワイプが妻だとしたら、ちょっと気持ちが悪い。

「すみません。覚えてないです」

そう言ってメニューを渡すと、ヨンワイプは、ねっとりとした目でジュンミンを見つめてきた。背筋がぞっとする。

「私たちね、今日、デモのカウンターをしてきたの」

「昼のデモですか」ヨンワイプから目をそらして答えた。

「君も見た?」Tシャツを着ていない痩《や》せた男性が訊いてきた。彼は三十代ぐらいだろうか。

「窓からちょっとだけ」ジュンミンは、昼間のデモの光景を思い出した。

「ちょうどこの店の前あたりでシットインしたけど、機動隊に排除されちゃったの。ほんっと、悔しかった」ヨンワイプは興奮気味に語気を荒らげた。

店の前の大通りに、デモに反対する人たちが座り込んだり寝転んだりして、道を塞《ふさ》いでいた。そういえば、あの人たちの中には目の前の男性と同じTシャツを着た人がいたような気もする。

「とにかく、ああいう連中をここ新大久保から追い出さないとね。そのために私たち、これからも闘うから」

ヨンワイプはまるで正義の味方のようで、勇ましい。

「ありがとうございます」頭を下げて、テーブルから離れた。

ジュンミンは、来日することを家族から反対された。「日本人はみんな、心の中では韓国人を差別しているから」という理由からだった。幼い頃からその考えは刷り込まれていたように思う。だからデモをしている連中を初めて目にしたとき、気分は相当悪いものの、やっぱりと納得し、驚きはなかった。そして何度か見ているうちに見慣れてきて、いちいち傷ついたりはしなくなった。

ヨンワイプや梓のように、差別に対して憤る日本人もいる。そっちの方が驚きだった。新大久保で働いていると、自分たち韓国人や韓国の文化をものすごく気に入ってくれている人たちを多く目にする。大学でも、日本人の友人が何人もできた。彼らはおしなべて親切だし、あたたかい心の持ち主に見える。

実際に接してみないとわからないものだとつくづく思う。日本人と一口に言っても、いろいろいるのだ。ジュンミンの家族が考えているように、日本人みんなが韓国人を差別するわけではなかった。

オーダーに呼ばれたり料理を運んだりして、ヨンワイプの席に何度か行った。ヨンワイプは、はしゃいでいた。酒のピッチも速く、周りの人たちとともに大きな声で騒いでいる。幸い店はがらがらだったので、ほかの客に迷惑ということはなかったが、うるさい集団だった。デモを目の当たりにして意気消沈していた梓とは、だいぶ様子が異なる。

韓国人にひどい言葉を投げつけるデモ隊に対して、体を張って反対する彼らを、心からありがたいとは思う。しかし、深酒して盛り上がっている様子には違和感を抱かざるを得ない。とくにヨンワイプは、ちゃらちゃらと周りの男に媚《こび》を売っているのが目についた。

ジュンミンがヨンワイプに視線をやっていると、アルバイト仲間のソンウが韓国語で話しかけてきた。

「日本のおばさんって、勘違いしてるよな」

ソンウはジュンミンと同い年でソウル出身、在日二年である。背が高くて顔もなかなか整っている。

「厚かましい韓国のおばさんの迫力とはまた違って、ソフトに見えるけど、自分がいつまでも主役って感じの人が多いよな。恥じらいなく男に色目使うしさ。俺もおばさんにしつこく迫られたことあるよ」

「あの人は、今日のデモに行って、反対の行動をしてきたらしいよ」

「ああ、今日のデモね」ソンウが顔をしかめた。

「あんなの何回も見たら、いくら慣れてきても日本が嫌にならない？」

ジュンミンが訊くと、ソンウは、「うーん、そうだな」と少し考える様子を見せてから、言葉を続けた。

「嫌になるってことはないな。俺なんかはもうああいうデモは視界に入れないようにしている。あのデモをやっている奴《やつ》らは、極端なんだろうな。俺らにしつこく付きまとう女もいれば、憎しみを顕《あらわ》にする奴もいるっていうのが、ありのままの日本なんだ。そのことは、頭に刻み込んでるよ。つまり、日本に住む以上、油断するなってこと」

ソンウの言うとおりだと思う。好きか嫌いかの極端が目に付くが、どちらも日本人の正直な韓国人への感情なのだろう。

「しつこく付きまとわれたりするんだ」

「ああ。付きまとわれたり、誘われたりってことはしょっちゅうあるよ。だから、お前も気をつけろよ。CNBLUE のジョン・ヨンファに似てるって、ネットで評判になっているらしいから。きっとこれからどんどんアプローチされるだろうし」

さっきのヨンワイプの目つきを思い出して、身震いがした。

「ソンウは、日本人の女の子を好きになったことはないの？」梓の顔を思い浮かべつつ訊いた。

「確かにいい子もいるけど、俺らはいつかビザの期限が来たら韓国に帰らなきゃいけないんだ。日本人の女にマジになっても辛《つら》いだけだよ」

「まあ、たしかにな」

「それに、日本人の女はたいがい俺らを色眼鏡で見ているからな。特に新大久保に来る女は韓流好きばっかり。ドラマとかアイドルを通して見た韓国人の男っていうのを、俺らに当てはめてるんだ。向こうだって俺らひとりひとりの人格を見ているわけじゃない。だから、利用すればいいんだよ。その虚像を演じてやるんだ。それでご飯おごってもらったり、物買ってもらったりできるんだったら、相手がおばさんでも我慢できるよ。おばさんは簡単にやらせてくれて、小遣いもくれたりするし。まあ、おばさんだけでなく綺麗な女もなかにはいるしね。要するに……」

「すみませーん」というヨンワイプの大きな声がして、ソンウの話が途切れた。

「お呼びだから行ってこいよ」ソンウに肩を叩かれる。

ジュンミンは、ため息をひとつ吐《つ》いてからヨンワイプのテーブルに行った。

アルバイトを終え、二十分ほど歩いて自宅まで帰る。

ジュンミンは2DKのアパートに男三人で住んでいた。みんな新大久保で働いていて、大学生はジュンミンだけだ。年長のスンホは韓国料理店、一番年下のユソクは雑貨店、ジュンミンはカフェだ。三人とも釜山《プサン》から来ているが、日本に来てまだ一年以内だ。

「お帰り。ちょうどチゲを作ってるから、ジュンミンも食べる？」スンホはキッチンで野菜を刻んでいた。

「お腹がすいてるからありがたいよ。ユソクはまだ？」

「デートだよ」

ユソクは同じ雑貨店に勤める韓国人の女の子と交際している。

「スンホ、これ今日お客さんからもらったんだけど、三枚あるから一枚あげるよ」

ジュンミンは、真新しいグレーのTシャツを差し出した。ヨンワイプがくれたのだ。店のスタッフはみないらないと言うので、自分が持ち帰ってきた。

スンホは、Tシャツを透明なビニール袋から取り出して広げた。

「かっこいいな、これ。英語で文字が書いてある。なんだ、えっと、アンチ……レイシズム……」

「これ、今日あったいつもの嫌なデモの反対運動してる人たちがくれたんだ」

「そういや、あのデモの奴らに、店の看板蹴《け》られたことがあった」

「ひどいな……そんなことされたの」

「あいつら、俺たちを虫けらみたいに思っているからな」

スンホは、ぐつぐついっているチゲを鍋《なべ》ごとテーブルに運んだ。

「このTシャツ、街では着られないな。デモの奴らとか、韓国人を嫌いな奴を刺激しちゃいそうだもん。家の中で着るよ、ありがと」

それからは、釜山に帰ったら真っ先に食べたい母親の料理などについて話した。故郷の釜山なまりの韓国語で喋《しゃべ》り、辛いチゲを食べていると、一日の疲れが癒されていく。

夜も更けて、寝る前にスマートフォンをチェックすると、フェイスブックを通じて、梓からメッセージが届いていた。

「ジュンミン、今日は慰めてくれてありがとう。今度また友達とお店に行くね」

読めない漢字もあったので、翻訳機能で韓国語にした。メッセージの内容を知り、すぐに返信する。

「あずささん、今日は店に来てくれてありがとう。また会えるのを楽しみにしてる」

ジュンミンは、梓の素直そうな顔を思い浮かべつつ眠りについた。

約束の日は、何を着ていこうかと迷って、ヨンワイプからもらったTシャツをデニムに合わせてみた。なかなか様になっていると思ったが、スンホの「奴らを刺激しちゃう」という言葉を思い出し、無地の白いTシャツに替えた。靴は釜山で買ったニューバランスのコピー品だ。自分にとってはここ一番のもので、大事に履き、汚さないようにしている。

待ち合わせ場所は新宿駅西口世界時計の前だった。スマートフォンで検索して場所を確かめたのに、駅構内で迷ってしまう。行き方を尋ねようと、近くにいた同年代ぐらいの男性に、すみませんと声をかける。スーツを着たその人は立ち止まってくれた。

「世界時計はどこですか」

男性はジュンミンの質問を聞くと、顔をしかめて、「韓国人かよ、うぜーな」とつぶやいて行ってしまった。発音でわかったらしい。

たまにこういうことはあるけれど、やはり心が折れそうになる。もらったTシャツを着てこなくて本当によかった。

「世界時計はあっちですよ。私も都庁に用があって同じ方向に行くので、ご一緒しましょう」

声をかけてきてくれたのは五十代ぐらいの男性だった。ポロシャツにコットンパンツという格好だ。

「ありがとうございます」

頭を下げ、男性についていった。並んで歩いていると彼が、僕もねと話し始める。

「在日韓国人なんだよ。三世だけどね。君たちからしたら、僑胞《キョッポ》って言うんだよね。韓国語はぜんぜん喋れないんだけど」彼は穏やかな笑みを浮かべて言った。

「そうですか」それ以上言葉を返せなかった。

勤めるカフェでも、ときどき「私も在日で」と言われることがあるが、在日の人たちが自分たちに持つ親近感と同じようには、こちらは彼らに親しみを感じない。自分たちから見たら、在日コリアンは日本人となんら変わらないように思えるからだ。

ジュンミンの両親にいたっては、在日コリアンを「半《パン》チョッパリ」と言って見下すような発言をした。チョッパリとは韓国語で豚の足という意味だ。日本人が昔よく履いていた足袋《たび》の形が豚の足に似ているところから、日本人を蔑視《べっし》して「チョッパリ」と呼び、半分日本人という意味で在日コリアンを「半チョッパリ」と言う。つまり同胞とは認めていないということだ。

ジュンミン自身は在日コリアンと個人的付き合いもなく、彼らに対して差別意識ももちろんないが、同胞とは思えなかった。しかし、この親切な男性に対しては、すんなりと親しみを持てそうだ。両親も偏見を改めたらいいのにという思いが、頭の隅に浮かぶ。

「君は留学生？」

「はい」

「なにを勉強してるの？」

「国際関係です」

「頼もしいな。君たちのような若い人がこれから日韓の橋渡しをしてくれればありがたいね。いまは最悪の関係だけど、どうにかしないといけない」

ジュンミンは、国同士のことを自分に託《たく》されても困ると思ったが、はいと答えておく。年長者には丁寧に接しなければいけないと、幼い頃から教育されている。

すぐに、壁面に世界地図が描かれた場所に着いた。世界の都市の時刻もデジタル表示されている。何人かの人がやはり待ち合わせのためか、その壁の前にいた。ありがとうございましたと頭を下げたら、男性はジュンミンの右手を両手で握ってきた。固く握手を交わす格好になる。

「会えて嬉《うれ》しいよ。負けないで、お互い頑張ろうな」

彼は手を放し、じゃあと去っていった。その熱い様子に、気持ちが少しばかり揺さぶられた。

「ジュンミンこっちー」

壁際ではなえが大きな声で呼びながらおいでおいでをしている。隣では梓も明るい笑顔で大きく手を振っていた。

近寄ると、梓が「ここ、わかりにくかった?」と訊いてきた。

「うん、ちょっと」

「ドンヒョンも迷ってるみたいなんだよね」

はなえはそう言ったあとすぐに「あ、来た」と、ふたたび手をおいでおいでする。

ドンヒョンが小走りでやってきて、ごめんと言った。この間はこじゃれたシャツで、今日はジョイリッチのTシャツに裾《すそ》が短めのパンツを合わせている。靴も見るからに高そうなブランド品だ。Tシャツは、はなえと色違いだから、きっとはなえに買ってもらったものだろう。ドンヒョンの金のかかっている格好に比べて、自分の姿が貧乏臭く思えて恥ずかしい。

ドンヒョンと会うのは二回目だ。先週ジュンミンの勤めるカフェに梓とはなえ、ドンヒョンの三人が来て、初めて会った。背が高くて筋肉質のドンヒョンは、切れ長の目と、濃い眉毛《まゆげ》がいかにも韓国人っぽい。やはり新大久保のカフェに勤めていて、夜にはホストクラブのような営業形態になる店らしい。彼はジュンミンよりも一歳上で、出身は京畿道《キョンギド》だそうだ。

はなえとドンヒョンは交際しているらしく、自分たちカップルと梓も含めた四人でディズニーランドに行こうと、カフェに来たその日にはなえに誘われたのだった。東京ディズニーランドには行ってみたかったし、梓とも出かけてみたかったが、チケットが高いので躊躇《ちゅうちょ》していたら、はなえに、「チケットはこっちで用意するから」と言われてすぐに承諾した。

「揃《そろ》ったから行こう」

はなえはドンヒョンに肩を抱かれて歩き出した。ジュンミンは梓と並んで歩く。

「ねえ、さっき握手してた人、誰？」

「道を教えてくれた人。韓国人だって。在日みたい」

「え、在日?」梓が訊き返してきた。

「三世だって」

「私にも在日の友達がいるんだけど、ちょっといま喧嘩《けんか》してて。彼女、韓国人っていっても、ジュンミンたちともなんかぜんぜん違うし、日本人の私とも違って、考え方というか、気持ちがよくわかんないの」

「どうして喧嘩したの」

「韓国人として見られるのが嫌みたいで怒っちゃった」

「さっきの人は、自分で韓国人って言ってきて、僕と会えて嬉しいって」

「在日っていってもいろいろだね。調べてみたらね、特別永住権っていうのがある在日コリアンって、日本に三十五万人以上いるんだって。日本式の名前だったりもするから、そんなにいるってわからないんだけど」

「在日が日本の名前を使って、韓国人ってことを隠しているのは、日本に魂を売ってるってことだって、僕のお父さんは言ってた」

「魂を売ってる……そうかなあ」

梓はうつむいて考え込んでしまったが、少しして、ねえと顔をあげた。

「ジュンミンの両親は、どんな人なの?」

日本人を嫌っているとは言えないので、「釜山で韓国料理のレストランをやってるよ」と答えた。本当は小さな食堂なのだが、少しぐらい大げさに言ってもばれやしないはずだ。

「そのレストランに行ってみたいな。釜山、ほんとに行こうかな」

梓と話をしているうちにホームにたどり着いた。

電車がすぐに来て、四人で乗り込む。混雑する電車の中でもはなえとドンヒョンは体を密着させていちゃいちゃするので、当てられ気味で落ち着かない。恋人同士でもない梓と至近距離でいるのもぎこちない雰囲気だった。なんとなくお互い目をそらして、電車内を見回す。

中吊《なかづ》り広告に目が留まる。見出しが並んでいるが、週刊誌かなにかだろうか。パク・クネ大統領の写真の横に、「ふざけるな韓国」という文字が大きく書かれているのが目立っている。韓国の地下鉄や電車には雑誌の中吊り広告はないので、こんな風に公衆の場で特定の国の悪口を目にすることは、異様に思えた。さっきのスーツ姿の男性といい、自分の国、韓国はここまで日本人に嫌われ、敵視されているのかと思うと、やりきれない気持ちと悲しみが同時に襲ってくる。みんながみんな嫌っているわけではないとしても、新大久保でデモをする人たちだけが特殊ではないのだろう。

大統領の写真をじっと見つめていたら、目の前の梓が中吊り広告にチラリと目をやってから、ジュンミン、と不安そうな声を出した。

「嫌な気分だよね、きっと」

ジュンミンは笑顔を作って、「大丈夫」と答えた。

すると梓が、ジュンミンの手を遠慮がちに握ってきた。ジュンミンもそっと握り返す。そのまま二人、無言で手をつないでいた。梓の優しさが掌《てのひら》から伝わってくる。電車が空いてきたら、梓がすっと手を離してしまい、ちょっと残念だった。

東京ディズニーランドは、まさに夢の国だ。ゴミひとつない美しい佇《たたず》まいのパークには、無数のアトラクションがあり、沈んでいたテンションが一気にあがる。中国語がそこかしこから聞こえてくるし、韓国語も耳に入ってくる。アジアからの観光客が想像以上に多い。

ここにも来られたのだから、やはり日本に留学してよかったのだと思った。ジュンミンが韓国で通った大学は、いわゆる一流大学ではない。韓国は格差社会で、S

ＫＹと呼ばれる、ソウル大学校、高麗《コリョ》大学校、延世《ヨンセ》大学校のいずれかを出ていないと、成功できないと言われている。学歴のない者は、強い縁故がないと這《は》い上がれない。だからＳＫＹでもなく人脈もない学生は、米国やカナダに留学して箔《はく》をつける。それも金銭的な余裕のある人間に限られるのだが。

ジュンミンの両親は、身を粉《こ》にして食堂で稼ぎ、ジュンミンの学費を捻出《ねんしゅつ》してくれた。そして、米国に留学しろと強く勧めた。だが、ジュンミンは反対を押し切って日本に来た。

日本を選んだ理由は、アニメをはじめとする日本の文化が好きだったからだ。ジュンミンは、トンカツ、ラーメン、寿司《すし》などの食べ物も大好物だ。年末にはネットでダウンタウンの番組「絶対に笑ってはいけない」シリーズを観ていたし、嵐《あらし》の曲をYouTube《ユーチューブ》でリピートして歌詞を覚え、カラオケで歌った。東野圭吾《ひがしのけいご》の小説だって読んでいた。映画で観た女優、竹内結子《たけうちゆうこ》のファンでもある。

別れた彼女のことも、日本に留学するきっかけとなった。

ジュンミンは大学二年を終えて入隊した。それまで真剣に付き合っていた同級生の彼女とは、兵役二年のあいだに別れてしまった。すでに兵役を務めあげて大学に戻った二歳上の男に奪われたのだ。韓国の大学生カップルではよくあることだった。

二歳上で軍隊帰りの男のほうが大人に見えるし、二年も待てないとの理由で、新しい男に乗り換える女の子は多い。

　彼女は昨年、恋人と一緒にカリフォルニアの大学に留学した。フェイスブックに共通の友達がいて、二人が本場のディズニーランドで撮った写真がタイムラインに流れてきてその事実を知った。だからジュンミンは、米国の大学ではなく、日本の大学に留学する道を選んだ。彼女たちと同じ道に進みたくなかったのだ。

　ジュンミンは彼女のことがかなり好きだった。いまだにしこりとなり、恨みさえ持ってしまっている。それ以来、真面目《まじめ》に付き合った女の子はいない。イケメンだともてはやされて、女の子が寄ってくることがないわけではなかったが、あまりお金もなく真面目な性格なので気軽に付き合うようなことはしなかった。

　アトラクションの列に並んでいるあいだ、はなえとドンヒョンはぴったりと寄り添って囁きあったり、ポッポ《軽いキス》をしあったりする。それを見ていたら、ジュンミンも梓も影響され、なんとなく距離が詰まってきてどちらからともなくふたたび手をつないだ。

　ショーを見て、アトラクションにいくつか乗り、食事もし、ポップコーンをつまみ、ディズニーランドを存分に満喫する。明るい梓と一緒にいるのは楽しくてあっという間に時間が過ぎていく。

　エレクトリカルパレードが終わり、梓とはなえがトイレに行ったとき、ドンヒョンが韓国語で話しかけてきた。

「ジュンミン、梓と付き合っちゃえよ。そのつもりだろ。あっちもその気まんまんだろうし。このあとは別行動にしよう。花火見て、雰囲気いいときに迫ればいいよ」

「ドンヒョンたちも花火までいるの？」

「俺たちはホテル泊まるから。はなえがミラコスタをとってくれた。明日はディズニーシーに行く」

「豪華だね」

「はなえは働いてるし、金持ってるから」

「ドンヒョンには、そういう女がもしかして何人かいる？」

　ドンヒョンは薄い笑みを浮かべて、うなずいた。

「新大久保で働くのって最高だよ、女がいくらでも寄ってくるから。俺の働いてるカフェでは、日本人なのに韓国人のふりしてる奴もいるくらいだよ」

　そう言って、女子トイレから出てきたはなえに手をあげる。完璧《かんぺき》な営業用の笑顔だった。

梓と二人でマークトウェイン号に乗り、いいムードになった。空には花火があがっていて、これ以上ないロマンティックな雰囲気だ。

梓も口数が少ない。肩にそっと手を載せたら、梓は一瞬身を硬くした。はなえに比べればすれた感じのない梓に、軽く手を出していいのだろうか。確かに梓に好意は持っている。だけど真剣に付き合うわけにはいかないとも承知している。

葛藤《かっとう》していると、梓がジュンミンの肩にもたれかかってきた。さらさらした髪が頬《ほお》に触れる。

我慢ができなくなって、梓の顔をぐいっと引きよせた。そして、その柔らかそうな唇に口づけた。

ジュンミンは、バスを待ちながら空を見上げる。

雲が流れていく様子や晴れ渡った空の深い青色は、日本で見る光景とそう変わらなかった。しかし、遠くにそびえる山々の佇まいは懐かしくてたまらない。悠然として胸に迫ってくる。五ヶ月ちょっと離れていただけなのに、おかえりと包み込むような優しさでジュンミンに語りかけてくる。

金海《キメ》国際空港からリムジンバスに乗った。ウォン紙幣を使い、右車線の道路を走り、馴染《なじ》みのある景色に目をやっていると、自分の国に戻ったという実感がますます湧《わ》いてくる。

秋夕《チュソク》（中秋節）には必ず帰るようにと、母から電話があった。航空券も手配したというので、帰らないわけにはいかなかったのだが、戻ってきてよかったと故郷の空気を嚙《か》み締める。

バスのなかから、〈釜山についたよ〉と梓にメッセージを送った。三日前に梓とディズニーランドに行ってから、頻繁に連絡をとりあっている。

梓とマークトウェイン号の上で花火を見ながらキスをした。その後、勢いでホテルに行った。梓は、男性と交わるのは初めてだと言っていたのに、ジュンミンを気遣ってホテル代を出してくれた。気立てのいい子だと心から感動した。

この状態は、梓と自分は付き合っている、恋人同士ということになるのだと思う。

すぐに梓から返信が来た。クレープ屋のアルバイト中だが、お客さんが来ないので〈とってもひま〉なのだそうだ。〈こんなことなら釜山について行けばよかった〉とあり、いじらしさに顔がほころぶ。クレープの具はなにが好きかとか、たわいもないやりとりをしているうちに、バスは西面《ソミョン》に着いた。

ジュンミンの両親は、釜山の繁華街である西面の一角で食堂を営んでいる。地元の人向けの韓国家庭料理店だ。路地裏にあり規模は小さいが、味がよいと評判で繁盛していた。ネットで知った外国人観光客も訪ねてくる。

「ただいま帰りました」と店に入ると、妹のスヒョンが抱きついてきた。大学生のスヒョンは空いた時間に店を手伝っている。

「お兄ちゃん、お帰り。会いたかったよー」

二人きりのきょうだいで、昔からスヒョンは自分にべったりと甘えてきたが、二十歳になってもその態度は変わらない。

「みんなお兄ちゃんが帰るのを待ってたんだよ」スヒョンは体を離した。

今度は母が近寄り、「ジュンミン、寂しかったよ」と抱きついてくる。

「ちゃんと食べているの？　痩せたんじゃないの？」

母がジュンミンの体をさすりながら言うと、すぐ横のテーブルの男性客がこちらを見て微笑《ほほえ》んだ。

「おばさん、息子、どこから帰ってきたんだ」

「日本だよ」母はぶっきらぼうに答えた。

「へえ、日本ね」さして興味がなさそうに言うと、男性客はスープをすすった。

「とりあえず、手伝うよ」

ジュンミンはリュックサックを下ろすと、厨房《ちゅうぼう》に入っていった。

「ジュンミンか」父が顔を向ける。

「お父さん、ただいま帰りました」深く頭を下げる。

父は、うんとだけうなずいて、料理に戻った。

父は、普段から口数が多い方ではない。「釜山の男は、べらべらと喋るもんじゃないんだ」と言っているし、「最近の韓国の男、特にソウルの男は軽すぎるんだ」とも嘆いていた。

客がある程度少なくなるまでジュンミンは店を手伝った。もうあがっていいと母に言われて店の外に出たら、スヒョンもついてきて腕を組んでくる。

「お兄ちゃん、一緒に写真撮ろうよ」

ジュンミンの返事も待たずにスヒョンはスマートフォンを取り出して、店の前で自撮りした。

「フェイスブックにあげようっと。みんなに自慢する」スヒョンはスマートフォンを操作する。

「アップしたよ。行こう、お兄ちゃん」

店の裏手に回り、狭い階段をあがる。店舗の二階、三階が自宅になっていた。ジュンミンは居間に腰を下ろしてバッグの中を探る。

「お土産買ってきたよ」紙袋を取り出し、差し出した。

「なんだろー」

紙袋を開けたスヒョンは、ハンカチや文房具を取り出して歓声をあげた。

「リラックマのものばっかり。ありがとー。リラックマ大好き！」

「お金がなくて、大したものが買えなくてごめんな」

「そんなことないよ、すごく可愛《かわい》い。嬉しい。これもフェイスブックにあげよう」

スヒョンはスマートフォンでお土産を撮影する。

「気に入ってよかった」

「お兄ちゃん、日本はどうなの？　嫌な目にあったりしないの？　この間ニュースで、変な集団が街中でデモをしているのを見たけど」心配そうな眼差《まなざ》しを向けてきた。

新大久保のデモの様子がジュンミンの頭に浮かんだが、すぐにそれを大学の友人や梓の姿に置き換える。

「楽しくやっているよ。友達も優しい。大丈夫だよ」

「ほんと？　私、日本に行ってみたいってずっと思っていたし、お兄ちゃんがいるうちに訪ねようって考えていたのに、あれ見ちゃうと行くのが怖いよ。マスコミも韓国の悪口ばっかりなんでしょ。お父さんの言うように、日本人って本当に韓国を嫌ってるんだね。ショック」

「まあ、嫌っている人はいるにはいるよ。でもみんなってわけじゃない。韓国の新聞でも日本を叩いたりするだろう。反日の政治家ももちろんいる。だからってそれで韓国人みんなが日本を嫌っているわけじゃないよな。なんでもそうじゃないか。一部を見て全部を決めちゃダメだって、日本に行って、つくづく思ったよ。日本はいいところだし、日本人もいい人たちがたくさんいるよ」

「妙に日本をかばうんだね。お兄ちゃんまさか、日本人の彼女とか作ってないよね？　お父さんやお母さんだけじゃないよ、私もそれだけは許さないからね。恋に夢中で、釜山に帰ってこないなんて言い出したら最悪だし。お兄ちゃん一途《いちず》だから心配」

じっと見つめられて思わず目をそらした。ごまかそうとしてスマートフォンをポケットから取り出す。

梓からメッセージが届いていたが開かずに、フェイスブックのタイムラインをチェックした。スヒョンが自分をタグ付けしているのを確認する。さっき店の前で、ツーショットで撮った写真がアップされており、〈お兄ちゃんが帰ってきた！〉とあった。

スヒョンがスマートフォンを覗《のぞ》き込んでくる。

「お兄ちゃん、やっぱりかっこいいよ。私の友達もみんなそう言ってるよ。ヨンファにも似ているって評判だし。CNBLUEって日本でも人気なんでしょ。日本人の女の子に目をつけられないかな。やだなあ。カフェに勤めているといろいろありそう。新大久保って韓流好きが集まるんでしょ？」

「なに言ってんだよ。お前こそ恋人できたのか？　お兄ちゃんに必ず紹介するんだぞ。スヒョンにふさわしいか見てやるからな」

スヒョンは、首をぶるぶると横に振った。

「お兄ちゃんみたいに優しくてイケメンな男は、なかなかいないから」

そう言ってスヒョンは、ふたたびジュンミンに腕を絡めてきたのだった。

ジュンミンの父親は長男で、李《イ》家の家長だ。したがって、李家の秋夕には叔父夫婦もジュンミンの家に集まる。秋夕は一家にとって非常に大事な行事だ。店も休み、祭祀《チェサ》の料理を並べる。特に今年の秋夕は、ジュンミンの祖父が亡くなって初めて迎えるもので、長男のジュンミンが欠けるわけにはいかなかった。

帰国して二日後、滞りなく祭祀は行われた。その後、叔父夫婦とジュンミンの家族で宴会となる。居間は狭いので、店にみんなが集まった。両親や叔父夫婦の前では両手で杯を持ち、顔を横にそむけて酒を飲む。そうしていると、親や年長者を敬う儒教の国に帰ったのだとあらためて思う。

「おいジュンミン、お前日本の大学に行ってるよな」

すっかり酔っ払った叔父が話しかけてきた。ジュンミンは、はいと居住まいを正した。緊張で体が硬くなる。叔父は酒癖が悪い。

「お前、李家の跡継ぎなのに日本に行くなんて、お前のお父さんがどんな思いでいると思っているんだ」

叔父の家には子どもがいない。そのせいもあってか、叔父は会うたびにジュンミンが一家の後継者であることを強調する。父はというと、叔父の言葉を聞いても黙って酒を口にしているだけだった。

「死んだおじいちゃんにも顔向けできないだろう。お前、ひいおじいちゃんやおじいちゃんが日本でひどい目にあったのを忘れたのか」

ジュンミンの曾祖父母《そうそふぼ》と祖父は戦前に日本におり、ひどい差別を受けただけでなく、貧しくて大変苦労したのだ。戦後に釜山に引きあげてきた曾祖父母たちの日本での苦労話は、祖父から繰り返し聞かされた。

「おじさん、それは昔の話であって、いまの日本人はいい人たちが多いです。昔のことばかり根に持っていたら、なにも変わらないじゃないですか。僕は日本に行って、日本のいいところをたくさん知りましたよ」

「いいか、ジュンミン」叔父は大量のアルコール摂取の結果、目がかなり据わっている。

「お前も歴史を知らないはずはないだろう? 日本人にひどい目にあわされてきたのは俺たちの家族だけじゃない、韓国人みんなだ。そういうことを考えると、記憶が風化するにはまだまだだってことさ。いや、未来永劫《えいごう》、搾取され、差別されたことが風化することはないかもしれないな。日本人はなかったことにしてしまいたいかもしれないが、奪われた者と奪った者は、まったく違うんだ。奪った奴ら、踏みつけた方は、ケロッと忘れてしまうが、踏みつけられた方は、たとえ直接的な痛みを忘れても、尊厳を傷つけられた記憶はなかなか消えない。血に刻まれているんだ。

俺たちの民族は、土地や財産だけでなく、名前も言葉も奪われたのだからな」

叔父の言葉に、みんながしんとしてしまった。

しばらくして父が「まあ、そう熱くなるな」と口を開いた。

「ジュンミンにも考えがあるのだろう。行ってみないとわからないこともある。それに、いつまでも後ろばかり向いていても仕方がない。無理に仲良くすることはないが、大人の付き合いができるようになるには、ジュンミンたちのような若者が日本に行ってみることも大事だと思った。だからジュンミンが日本に行くことを、不本意ながら最終的には許したのだ」

「兄さん、それじゃあ、俺たちのおじいさんやおばあさんが浮かばれないよ。おじいさんが関東大震災のときに東京にいて、殺されかけたじゃないか。あれは絶対に忘れちゃいけない出来事なんだ。働けば家畜並みの扱いをされ、安い賃金でこき使われた。お父さんだって、学校で日本人教師にいつも殴られたって言っていたじゃないか」

叔父は感極まったのか、涙声になっている。

「お前の言うことはもっともだが、そういう恨みの感情ばっかり膨らませても仕方がない。日本行きを反対したところで余計に反発する。それが若さってものだからな。すまない、お前の気持ちはよくわかる。だがな、ここは感情を収めて、ジュンミンを見守ってやってはくれないか」

叔父は渋い顔になり、焼酎を自分で注《つ》いで飲み干した。それ以上言葉を発しなかった。

ジュンミンは、叔父や父の気持ちをあらためて聞き、祖父や曾祖父母のたどってきた人生を考えると、胸が詰まってくる。

「お父さん、おじさん、すみません。わがままを言って。僕のせいで不愉快な思いをさせて」ジュンミンは頭を下げた。

「顔をあげなさい」父が言った。

「とにかく、しっかり勉強してくるんだ。日本語と英語ができれば、将来の展望もずいぶん違うだろう。お前の将来に日本の大学への留学が必要ならそれでいい。日本のあとにアメリカに行ってもかまわない。俺は、お前にはこんなちっぽけな食堂をやる人間じゃなくて、国際的な仕事について、韓国社会で、いや、世界で活躍する人間になってほしいんだ」

父は、ジュンミンの顔から目をそらさずに言った。

ジュンミンはその視線を受け止めて、わかりましたと答えた。本当は日本で働いてみたいと思っているけれど、それは決して口にしてはならない。

「そういえば、おばさんの歌を聞いてないですね」

スヒョンの一言がきっかけとなり、深刻なムードから一転、宴会は和やかな雰囲気になった。叔母が歌を唄《うた》い、母が踊りだす。笑い声があがり、楽しい雰囲気が続く。父も叔父も上機嫌だ。

店の入口は曇りガラスの引き戸になっていて、今日は休んでいるので閉めてあった。しかし、その引き戸をコツコツと叩く音がした。

「電気が点《つ》いているから、開いていると思って客が来たんでしょ。気にしなくていい」

母が立ち上がろうとしたスヒョンを座らせる。

コツコツとノックが続いて、すみませんという声が聞こえる。

「しつこいわね。ジュンミン、休みだって言ってきて」

ジュンミンは入口の引き戸を開けた。すると、目の前にいたのは梓だった。驚いて言葉が出てこない。

「ジュンミン、思い切って釜山に来ちゃったよ」梓が微笑む。

ジュンミンは後ろを振り返って、誰もこちらを見ていないのを確かめた。外に出て引き戸を閉める。

「どうしてここがわかった？」

「フェイスブックのタイムラインにジュンミンの写真が出ていて、会いたくてたまらなくなっちゃった。ここの住所も表示されてたよ。それで、チケット取って直接来てみたの。ジュンミンを驚かそうと思って黙ってた」

「写真？　僕、フェイスブックに写真なんて出してない」

「妹さんと一緒の写真がタグ付けされて出てたよ」

スヒョンが店の前で撮ったものだと思い当たる。まさか、位置情報まで表示されているとは思いもよらなかった。タグ付けされると、自分の友達のタイムラインにも写真がアップされることをすっかり忘れていた。そもそも、そういう細かいことをあまり気にしていなかった。

まさか、フェイスブックの情報をもとにここまで来るなんて。

困ったことになった。家族や親戚に梓の存在を知られたら一大事だ。

「お店は休みなの？」

屈託のない顔で訊かれて、戸惑ってしまう。

「そう。ちょっとここでは話しにくい。あっち行こう」

梓の手を引いて、店の入口から離れようとしたそのとき、引き戸が開いた。「お兄ちゃん、遅い」と文句を言いながら、スヒョンが出てくる。

ジュンミンと手をつないでいる梓を見て、スヒョンが「誰なの？」と、顔をしかめる。ジュンミンは慌てて手を放した。

「妹さんですか？　お会いできて嬉しいです」梓が拙《つたな》い韓国語で、挨拶《あいさつ》した。

「日本人？　この子、お兄ちゃんのなに？」怪訝《けげん》そうな顔になる。

「私、ジュンミンの……」

梓が答えようとしたので、「いや、あの」と急いで遮った。

そして、スヒョンの耳元に、「なんでもないんだ、勘違いするなよ」と早口で囁《ささや》く。

「ただの知り合いだよ。なんか、たまたま近くに来たみたい。お父さんたちには黙っていて」

スヒョンは疑り深い目でジュンミンを探ってくる。

ジュンミンはスヒョンの視線を避けて梓の方に向き、「ホテルまで送っていく」と日本語で言った。

広い道路に出てタクシーを拾おうと、先立って歩き始めた。いつもは多くの人で賑《にぎ》わう西面の街も秋夕の休日のため人が少なく、店もほとんどが閉まり、閑散としていた。

ジュンミンは、突然訪ねてきた梓に少し腹が立っていた。だが、梓に悪気がないのもわかっていたし、これまでの会話のなかで、釜山に来たらいいと何度も言っていたので、梓が訪ねてきたことを責めるわけにもいかない。

気持ちのやり場がなかった。自分自身に対して一番頭に来ている。レストランだとうそぶいていたのに、小さな食堂であることも梓にばれてしまったのかと思うと恥ずかしかった。梓の存在を両親や妹に知られないようにしようとした卑屈な自分にも、嫌気がさしてくる。

怒りに任せて速足になっていたようで、ジュンミン待ってと梓の声が背後から聞こえた。振り返ると、梓が小走りに近づいてくる。

「ごめん、歩くの、速かった」

「私こそ、ごめんね。突然来たから怒った？」

「親族の集まりだったから」

「タイミングが悪かったね。ごめん。妹さんも、怒ってるみたいだったけど、大丈夫かな」

「やきもちやいただけだよ」

「ブラザーコンプレックスか。兄弟いないから私にはわかんないけど、ジュンミンみたいなかっこいいお兄ちゃんだったらそうなるよね」

梓が朗らかに笑ったので、胸がちくりと痛んだ。ジュンミンは梓の手をとり、ぎゅっと握った。梓は嬉しそうに握り返してくる。

たまらなくなり、梓を抱きしめた。

「ジュンミン、大好き」

梓がジュンミンの耳元で囁く。甘苦しい感情がジュンミンを支配する。

「僕も」

そう答えて、路上で抱き合った。人通りがあったが、そんなことは気にならなかった。しばらくキスをしあって、タクシーに乗り込む。梓は釜山駅近くの東横インに宿をとっていた。車中でも手をずっとつないだまま、指を絡めあう。

「ジュンミンのお父さんやお母さんにも、会ってみたかったな」梓がジュンミンを見つめてくる。

「うん。こんどね」窓の外に目をやって答える。

「お店でも食べてみたいけど、いつまでお休みなの？」

「明日」

「そうなんだ。私、明後日の早い飛行機で帰るから、お店に行かれないね。すごく残念」梓の声は沈んでいる。

ジュンミンは梓の方に向き直り、「ねえ、梓」と言った。

「なあに」

澄んだ瞳《ひとみ》で答える梓に、「もし店に来たとしても、両親には紹介できない」とは正直に言いづらかった。

「明日は、午前中は墓参りだから無理だけど、午後に釜山の街、案内するね」

「うん、楽しみ」梓は、瞳を輝かせて答えた。

梓をホテルの部屋に送ってすぐに帰るつもりが、衝動には勝てなかった。裸のままベッドで眠りに落ちて、気づくと朝になっていた。時計を見ると、午前七時過ぎだ。慌てて服を身につけ、まだ寝ぼけている梓をベッドに残して、急いで自宅に戻る。

忍び足で階段を上がり、玄関のドアを開けると、母が仁王立ちしていて驚く。

「一晩中どこに行っていたの。心配したのよ。連絡ぐらいよこしなさい」厳しい口調で咎《とが》めた。

「友達のところに」気圧《けお》されて、後ずさりしつつ答える。

「友達って誰？」

「あ、うーんと、高校のときの友達。そう、ミニョク、キム・ミニョク」

咄嗟《とっさ》に思いついた友人の名前を口にした。すると奥からスヒョンが出てきて、それ、と言った。

「お兄ちゃんの言ってること、嘘《うそ》」

「どういう意味？」母がスヒョンに問い返す。

「お兄ちゃん、日本人の女と朝までいたんだよ。日本人と付き合ってるの」

「なんですって」母が白目を剝《む》いた。

「スヒョン、彼女はただの友達だって」ジュンミンは慌てて手を左右に振って否定した。

「うそ。友達とはキスしないよね。私、見たんだから」

ジュンミンは、反論できなかった。スヒョンはあとをつけてきていたのだ。

「とにかく家に入りなさい。このことはお父さんに言わないと」

母はそう言って、踵《きびす》を返した。

ジュンミンは、居間で父と向かい合わせに座っている。父は煙草《タバコ》をふかすだけで、黙ったままだ。さっきから目も合わせてくれない。

しびれを切らして、「あの、お父さん、すみません」と床に頭をつけた。

「謝ってどうにかなる問題じゃないんだ」

父はようやく言葉を発した。頭を上げて父を見ると、恨みを込めるかのように煙草を灰皿できつく揉《も》み消していた。

「お前は日本に勉強しに行っているんじゃなかったのか。スヒョンによると、どこだかのカフェで働いているんだとか。金が足りなくてアルバイトをしなければならないのはわかるが、そういうところにいるから変な女に引っかかるんだ」

「変な女なんかじゃありません。ちゃんとした大学生です」

「いずれにせよ、日本人はダメだ。その女とは別れなさい」

「いい子なんです。日本人っていうだけでダメなんておかしいです。うちの店に日本人のお客さんが来ても、お父さんもお母さんも感じよく接しているじゃないですか」

「それとこれとは別だ。日本への留学ももうやめなさい。韓国に、釜山に帰ってくるんだ。そうだ、もう日本に行かなくていい。荷物は送ってもらえばいい」

「そんな。大学もまだ三ヶ月しか通っていないんですよ」

「アメリカに行けばいい。なんなら中国でも。初めからそうさせるべきだった」

「お父さん、昨日は日本に行ってみないとわからないこともあるって言ってくれたじゃないですか。おじさんにも、見守ってくれって……」

「日本人の女ができたとなると話は変わってくる」

　梓はいい子だし、心が純粋で優しい。韓国人を差別し、ひどいことを言うデモの連中にも心を痛めている。梓は父が思っているような日本人とは違うと反論したいが、この状況で口答えはできない。ジュンミンは言葉を呑《の》み込んだ。

「とにかく、うちは日本人はダメなんだよ。ほかの家は知らない。今の日本人に罪はない。いい人たちがいるのもわかっている。うちに来るお客さんだって感じがいい。だけどこれだけはゆずれないんだ。あのひどいデモの映像を見て、俺はぞっとした。あれが日本人の本性なんじゃないかと疑ってしまうよ。ジュンミン、お前も目を覚ましなさい」

　その言葉を最後に、父は立ち上がって、部屋を出て行ってしまった。

ジュンミンは、深くうなだれた。父がここまで言うのだから、もう日本に戻ることは無理だ。梓と会うこともかなわない。せっかく仲良くなった大学の友人や、一緒に暮らすスンホとユソクとも顔を合わせることができなくなる。

まさかこんなことになるとは思わなかった。自業自得とはいえ悔しかった。梓さえ訪ねてこなければと思うが、後悔してもどうにもならない。

ジュンミンは、居間に座ったまましばらく呆然《ぼうぜん》としていたが、梓に連絡しなくてはと意を決し、スマートフォンをジーンズのポケットから取り出した。

梓からメッセージが入っている。着信時間はジュンミンが部屋を出たすぐあとぐらいだ。

〈ジュンミン、ほんとに大好き〉

文面を読んで、思わずため息が漏れた。さっきホテルの部屋を出たときの梓の眠そうな顔や、肌のぬくもりが蘇ってくる。このままホテルに行ってもう一度抱きしめたい衝動に駆られ、それを理性で必死に抑えた。

過去のメッセージを遡《さかのぼ》って、甘い言葉の応酬を読み返す。切なくて息苦しくなってくるが、なんとかこらえて深呼吸をひとつした。

どうやって梓に別れを切り出せばいいのだろうか。

ふたたび思い切り息を吸って、その勢いで梓にメッセージを送る。

〈あずさ、今日、家族のつごうで会えなくなった。ごめんね〉

〈いいよー〉すぐにレスが来た。

〈日本でまたデートしようね〉

そのメッセージを見て、ジュンミンはまた息苦しくなる。

なぜ、日本人も韓国人も、お互いにレッテルを貼って憎み合うのだろうか。

実在の人間を見ず、イメージを作り上げて無意味にいがみ合っている。

あるいは、一部の人たちの振る舞いを全部に投影して、誤解を広げている。

政府やその政治のせいで、普通の人々が迷惑を被っている。どちらの国のマスコミだってお互いの反目を煽《あお》っているじゃないか。

本当に虚《むな》しい。

人と人との触れ合いではなく、妄想で作り出したものに、生身の人間が振り回されなければならないなんて。

梓に会いもせず、日本人だからダメだというのは、筋《すじ》が違うのではないだろうか。

始まったばかりの恋愛を諦《あきら》め、楽しかった留学生活を放棄しなければならないなんて納得できない。こんなことを繰り返していたら、両方の国にとっても国民にとっても未来がないと思う。

だけど、ジュンミンは親に逆らえない。苦労して育て、高い学費も出してくれている。

梓との別れを想像すると、体が引き裂かれるような思いがする。けれど、まだなんの親孝行もせず、社会にも出ていない無力な自分は、日本への留学を、梓との交際を父の言うとおりに諦めるしかない。日本で就職してみたいという夢もかなうわけはない。

第四章　良美　Yoshimi

東武伊勢崎《とうぶいせざき》線特急りょうもう号に乗っても、良美《よしみ》の気持ちは昂《たかぶ》ったままだった。缶のプルトップを開けて冷たいビールを喉《のど》に流し込むと、炭酸と苦味でいくぶんかは鎮まっていくような気がする。

窓際に座れてよかったと思いながら、流れていく景色を車窓から眺める。家々に灯《とも》る明かりのもとで営まれているだろう団らんと、今日自分が目の当たりにした醜悪なデモとの乖離《かいり》に、やるせない気持ちが募っていく。

ガラケーから替えたばかりのスマートフォンで、ツイッターのアプリを開いた。「ヨンワイプ」というアカウント名で始めたツイッターは、最初こそは好きなアイドルや韓流ドラマのことばかりをつぶやいていたが、いまや差別扇動デモ関連、そしてカウンターのことが中心となっている。

現場の画像を添えて「今日のデモの様子。あいかわらず、ひどいです」とツイートする。

　マスクで顔を隠し、「ゴキブリ、蛆虫《うじむし》」「チョーセン帰れ」「日本から叩《たた》き出せ」「朝鮮人の女をレイプしろ」などと平然と言ってのける姿が蘇《よみがえ》り、いったん収まった怒りがまた湧《わ》いてくる。

　写真を撮ろうと良美がデモ隊にスマートフォンを向けると、中年男性がブス、ババアと罵《ののし》ってきた。逆に良美のことをしつこくビデオ撮影してくる輩《やから》もいる。バーカバーカと幼稚な物言いをする男もいた。

　それでも良美は、平気だ、と自分に言い聞かせてカウンターを続けた。少なくとも自分は、死ねとか殺せと言われている対象のコリアンではない。面と向かって言われても、小学生レベルの浅い罵倒《ばとう》によってのダメージはないはずだと心を強く保ち、デモに立ち向かっている。

　デモ隊を成す人々は、強面《こわもて》なわけでもいかつい風貌《ふうぼう》でもなく、ごく普通の人たちだ。口から吐く過激な憎悪の言葉とのギャップがかなりある。警官に守られていると威勢がよいことも、見ていてげんなりしてしまう。

　だから余計に、その行動がカジュアルすぎることに愕然《がくぜん》となる。彼らは差別を楽しみ、憂さ晴らしをしているだけにしか見えない。

それなのに、彼らの言葉によって深く傷つき、悲しい思いをしている人たちがいる。その思いを胸に閉じ込めて、反論できないでいる人が多い。

クレープ屋で見たあずっこの友達の、憂いを帯びた瞳《ひとみ》が思い浮かぶ。

カウンターの仲間の中にも在日コリアンはいるけれど、そう多くはない。やはり当事者にとってレイシストと直接対峙《たいじ》するカウンターは辛《つら》すぎるのだろう。ならば、自分が矢面に立って彼らに対峙したいと思う。

同時に、このような集団の蛮行が、自分たちの暮らす社会の中でまかり通ることが耐えられない。

良美は神田で初めてカウンターに立った日のことを思い出した。あまりにも嬉《うれ》しそうに差別の言葉を投げる人たちに言葉を失い、立ちつくしてしまった。そのうちにふつふつと怒りが込みあげ、頭がかーっとなった。体が震えた。人として許せないと歯ぎしりした。

デモのあと、待ち受け画面のヨンファの画像を見つめて泣いてしまった。すると、カウンター仲間の女性がそっと肩を叩いて慰めてくれた。それからは、差別扇動デモがあると聞くといてもたってもいられなくなり、できうる限りカウンターに出向くことにしている。

神田のことを思い返すと鎮まった気持ちがまた昂った。缶ビールをふたたび口にして、行き場のない憤りを紛らわせる。

カウンターのあとの飲み会でも、かなりお酒を飲んだ。仲間と気持ちの昂りを共有しているうちは感じなかったが、こうしてひとりになると、カウンター行動はやはり精神的な負担が大きい。

誰かを傷つける言葉を直接耳にして、気持ちが疲弊しないわけはなかった。激しい言葉の応酬、騒然とする現場もかなり刺激が強い。

この目の前の差別を止めなければ、という切迫した焦りで、良美も「レイシストは帰れ」とか「バカヤロー」など、ときにはもっと乱暴な言葉で言い返してしまっていることがある。差別をなくそうという趣旨のプラカードを掲げ、見張るだけにしようと思っていても、気づくとレイシストに対してつい大声をあげてしまっている。

カウンターを始めて約二ヶ月、カウンターのあとはいつも感情が乱れてしまう。だからついお酒を飲んでごまかし、紛らわそうとしてしまうのだ。今日も韓国料理店へ、その後カフェに行った。

そういえば、ヨンファに似ている店員がいなかったので店のスタッフに尋ねたら、事情があって韓国に戻ってしまい、日本にはもう来ないだろうと言われた。だから今日は落ち込みがさらに激しいのかもしれない。

カウンターによって、良美の心身にも影響が出ていた。日常生活を送っているときに突然涙が止まらなくなったり、耳鳴りがしたりすることもある。

ツイッターに意識を戻すと、先ほどのツイートに対していくつか反応があった。カウンターの仲間がリツイートしてくれていたし、リプライもある。しかし、ネトウヨも反応していた。ため息とともに、リプライを読み始める。

［クソババア、お前の方がひどいぞ……］

［お前チョンだろ。黙れ……］

［反日行動はやめろ……］

冒頭の文字を目にしただけで、頭が痛くなる。つっかかってくる言葉にいちいち反論したいところだが、今日はとうてい気力がない。良美はそのままツイッターを閉じた。

今日はカウンターに行く前に、あずっこと会う約束をしていた。

カウンターに行こうとメッセージを送っても、反応がさっぱりないので気になっていたところ、やっと三日前に返信が来た。あずっこは、カウンターには参加しないが、新大久保で食事をするのはいいと言っていた。ところが昨日、アルバイトがあるからと土壇場でキャンセルしてきた。彼女と久しぶりに会いたかったし、釜山の土産話を楽しみにしていたのでがっかりした。

東京近郊に住む「若い女子大生」のあずっこが好きだ。

良美は地元の群馬県太田市の高校を出てから家業を手伝っていた。その後隣接した邑楽郡《おうらぐん》大泉町に嫁いで暮らしたが、現在は離婚して実家に戻っている。地味でつまらない人生を送っている良美と違って、いまを謳歌《おうか》している大学生のあずっこがまぶしい。一緒にいると元気をもらえて、自分までも若返るような気がする。自分に娘ができていたら彼女ぐらいの年頃《としごろ》かもしれないと思うと、なおさら愛《いと》おしくなる。そんなあずっこと、北関東のしがない中年女である自分が、K－POPのことやデモのことを語れるのが嬉しくもあった。

良美はカウンターに向かう前に、思い切ってあずっこのアルバイト先である、溝口のクレープ屋を訪ねてみた。

あずっこは良美の姿を見て一瞬息を呑《の》んだが、こんにちは、と言ってくれた。クレープ屋にはあずっこと同年代ぐらいの男の子がいただけで、ほかに客はいなかった。

「なにか食べますか？」

あずっこは良美と視線を合わせずに言った。心なしか、元気がなさそうに見える。

「じゃあ、ストロベリークリーム」

そう言うと横にいた男の子がクレープを焼き始めた。しばらく黙っていたが、良美は、ねえ、と口を開く。

「あずっこさん、今度のCNBLUEの……」

「私、もう、CNはいいんです。ていうかKポも飽きちゃったし、韓国とかにあまり興味がなくなりました」焼き上がった生地にクリームを載せながら言う。

「え？　あずっこさん、先週釜山《プサン》に行ってきたばっかりじゃなかったっけ？」

「そうなんですけど、もういいんです」

「釜山でなにかあったの？」

あずっこは一瞬口ごもって隣の男の子を一瞥《いちべつ》したが、彼は聞いていないふりをしている。

「特別なにかあったってわけじゃないんですけど、韓国に思い入れがなくなったっていうか……」出来上がったクレープを渡してきた。

「だから、ごめんなさい。もう新大久保にも興味がないんです」にべもなく言われた。

「そうなの」良美は気落ちしつつ、代金を支払い、店をあとにした。

気まぐれな年頃とはいえ、あずっこともう接点がなくなるのかと思うと、とても寂しかった。そもそも、彼女がデモの動画を見せてくれたことがきっかけで、良美はカウンターを始めたのだ。

窓に視線をやると、そこに自分の顔が映っている。

五十を過ぎた女のくたびれた顔。

もう自分は誰にも必要とされないと思っていた。

だが差別扇動デモのカウンターに立ってみると、自分だって理不尽なレイシストに投げる小さな石ころぐらいにはなれるのだ、と信じることができた。

この実感を持ったいま、もう興味がなくなったなどとあずっこのように簡単に言うことは、自分にはできない。

この世の中に厳然と差別というものがあることを目の当たりにし、それをなくすために立ち上がったのだ。あとには引けない。

自分のやっていることは必要なことだ。コリアンのためだけではない。むしろ、日本社会、日本人のためだ。

気がつくと、特急電車はまもなく太田駅に到着するところだった。良美はビールの空き缶を持って席から立ち上がる。

通路に出ようとすると、隣に座る三十代前後の男性の足にぶつかってしまった。すると、その人が迷惑そうに顔をしかめ、睨《にら》んできた。すみません、と恐縮して通路に出る。乗降口に向かうと、背後から「ちっ、ババア」と舌打ちが聞こえてきた。

こういう態度にいたるところで出会う。おばさんでいることは、とても辛い。良美の生きる社会は、属性によって人を区分けする場面が多すぎる。

良美は空き缶を握りつぶすと、急いで車両から降りた。太田駅から自宅まではバスで三十分。その距離が今日はとても長く感じた。

腰の悪い良美の母親は、体の不調と元来の愚痴っぽい性格から、良美の顔を見れば文句ばかり言う。

「お彼岸にも墓参りに行かずに出かけて、週末にもまた東京行って、あんたなにしてるん。変な宗教かなにかにひっかかってんじゃないんかい。それとも、詐欺師の男にでも騙《だま》されているとか」

朝食の準備をしている良美の背中に、先ほどからぶつぶつと責める言葉を投げてくる。

「K－POPや韓国ドラマを好きな友達が東京にできて、会いに行っているだけ。新大久保に一緒に遊びに行ったり」

良美はカウンターのことを母に伏せている。

「まったく、いい歳《とし》して出歩いてばっかりで困ったもんだ。出戻りだってことだけでも、近所に恥ずかしいのに。フィリピンの嫁といい、うちはまわりの笑いものだよ」

反論したい気持ちを、奥歯を嚙《か》み締めてこらえた。

「そうだ、来週の日曜は正太郎《しょうたろう》の運動会だから、お弁当作ってくれる？　あの子の母親は料理からっきしだから。まあ、料理だけじゃないけどね」

良美は我慢ができなくなって振り返る。母はテレビに視線をやっていた。

正太郎とは、弟の健太《けんた》の一人息子、つまり甥《おい》っ子だ。母は小学六年生の正太郎を我が家の後継だと溺愛《できあい》しているが、正太郎の母親がフィリピン人であることは快く思っていなかった。結婚当初は弟一家と同居していたのだが、良美が離婚して実家に戻ったことを機に弟一家は出て行き、実家から車で十五分のところに別居している。

良美の家は父の生前に酒屋を営んでいて、現在はコンビニエンスストアになっている。一家は店の売上で生計をたて、健太も良美も店に出て働いていた。

母は、普段から差別的な発言や態度が目についた。嫁に限らずアジアやブラジルから来た外国人労働者に対しても、「やっぱり日本人とは違って遅れてるから」とか「何を考えてるかわからなくて嫌だ」などとよく口にした。良美はそんな母の考え方を昔から毛嫌いしている。

「フィリピンだからね、あの人は」と母が嫁のことを言ったときに、「国籍で人を見下しちゃあダメでしょ」とやんわりと注意したこともある。そのとき母は、「だけど、劣っているのは事実なんだから、仕方がないんさね」と答えた。

コリアンというだけで劣等民族だと主張するあの差別扇動デモをする人たちと、自分の母親は発想が似ている。デモをする彼らが特別なわけではないのだと、身近な家族を見て感じる。差別は日常のいたるところに潜んでいる。

実家のある太田市も、嫁ぎ先の大泉町も、ブラジル人が多く住む地域だ。彼らは大手企業の工場に出稼ぎに来ていて、自分たちのコミュニティを作っていた。良美の婚家は大泉町の兼業農家で、舅《しゅうと》も姑《しゅうとめ》も結婚相手の男も、ブラジル人はマナーがなっていない、日本人とは違うと嫌っていた。そんな家庭の雰囲気に馴染《なじ》めなかった。良美は街で見かけるブラジル人になんの偏見も持っていなかったのだ。

彼らは、工場と農地があるだけの色あせた街に明るい笑顔を持ってきてくれた。人口の少なくなった場所に活気を与えてくれた。

とはいえ、良美は結婚しているときも、差別的な言動を聞き流していた。いまも、母の考えを改めさせるための努力を怠っている。議論して険悪な雰囲気になるよりも、毎日をつつがなく過ごすことの方を優先してしまうからだ。立場の弱い自分が偉そうなことは言えないと思ってしまう。

だからこそ、良美はカウンターに力が入るのかもしれない。

味噌汁《みそしる》が沸騰しかけて、慌てて火を止める。

「運動会のお弁当は作るから。その代わり、その日私がどこに行こうと文句言わないでよ」

来週の日曜日にもカウンターの予定がある。

「その言い方はなんなん。あんた、最近いい気になってんじゃないの。お父さんが生きていたら、あんたが出歩いてること、ただじゃすまないかんね」

母はわざとらしく「よっこらしょ」と言ってダイニングテーブルから立ち上がり、隣接する和室の仏壇の前に座った。座るときにも、「やれやれ」と声を出した。

十年前に離婚して実家に戻って以来、嫌味を言われない日はほとんどなく、肩身が狭い。しかし良美にはどこにも行く場所がなく、ここで母と二人生きていくしかないのだ。

気を取り直して、卵焼きを作り始める。乱れた心持ちだったせいか、料理に集中できていなかった。ついうっかりフライパンに油をひくのを忘れ、卵焼きがボロボロになってしまう。

「なんなんこの卵焼き。こんなんだから離婚することになるんよ」

文句たらたらの母と向き合って、朝食を食べる。毎日繰り返されるこの光景は、母が生きている限り今後もずっと続いていくのだろう。

自分のこれからの人生に、劇的なことなど起きない。せいぜい好きな韓国のアイドルや俳優を愛《め》でることぐらいしか、情熱を傾けることなどないだろうと思っていた。

しかし、カウンターに出会ったことで良美の人生は激変した。

良美は残りの人生を、差別をなくすことに投じていくつもりだ。それは絶対にやらなければならないことなのだ。

「あんた。『太陽を抱く月』の続き、あとで借りてきてくれる?」

母も韓国ドラマの熱心なファンだ。特に時代物が好きである。

良美は、ふと母に訊《き》いてみたくなった。フィリピン人の嫁を見下しているが、韓国ドラマのことは好きな母が、コリアンを罵倒するデモについてどう思うのかと。

「ねえ、お母さん。韓国人とか在日の人とかのこと、死ねとか殺せってひどく言う人たちがいるんだけど、そのこと知ってる？」

「そんなこと、どこで誰が言ってるん」キョトンとした顔で訊いてきた。

「インターネット上では、ひどい言葉が溢《あふ》れてるの。それだけでなく、路上に出てきてデモをして、在日コリアンに特権があると糾弾したり、帰れと言ったり、韓国と国交断絶しろとか主張する集団がいるの。死ねとまで言ってるんだよ。映像あるから見てみる？」

良美がスマートフォンを取りに立ち上がろうとすると、母が「別に見なくていいよ」と言った。

「そういうの、ひどいと思わない？　お母さんも韓国ドラマ好きでしょ。腹立たない？」

「韓国人が批判されて、嫌われるのは仕方ないかもしれないねえ」

「なんで？　在日の人とか韓国人と接したことあるの？」

「ないけど、イメージだよイメージ。韓国も韓国人も、ちょっと、ねえ、あれでしょ」

「あれって、なに。お母さん。実際に接したことないのに、イメージで嫌うの？韓国ドラマに夢中になっているのに、なんでそんなこと言うの？　韓国のこと好きなのかと思ってた」

「ドラマは面白いけどね、そういうのとはまた別。やっぱり日本に比べたら、韓国は人も国も、鬱陶《うっとう》しいんじゃないかと思うんさ。信用できない気がする。なんか、いつまでも日本のことを恨んでるって感じだしね。それに、あれ、なんだっけ。そうだ、竹島《たけしま》。あれもねえ」

「お母さん、やっぱりレイシストだね」思わずつぶやいた。

「なによ、良美。いまなんて言ったん？」

「なんでもない。お店行くね」

良美は食べ終わった自分の食器を重ねて、食卓から立ち上がった。

店に出ると健太がいつもより元気がなかった。客足が途絶えたとき、心配事でもあるのかと訊いた。

「いや、別に」

三つ年下の健太は、無口で冴《さ》えなくて、しかも若い時分から髪が薄く老けて見えた。女性と縁がまったくなかったが、通っていたフィリピンパブの女の子に熱をあげて十二年前に結婚した。

「なにもないって顔じゃないけどね」

さすがに五十年もきょうだい関係でいるので、健太が悩んでいることぐらいは察しがつく。

「来週の正太郎の運動会、私がお弁当作るけどおかずなにがいい？　やっぱり正太郎の好きな唐揚げかな」明るい話題に変えてみる。

「姉ちゃん、それが……。正太郎、運動会は出ないと思う」

健太が泣きそうな顔になった。図体《ずうたい》ばかり大きくて、昔から泣き虫だったが大人になっても変わらない。

「どういうこと？」

「正太郎、学校に行っていないんだよ」絞り出すような声で言った。

「それ、不登校ってこと？」

健太は、苦渋に満ちた顔でうなずいた。

「いったいどうして？」

「フィリピンとか水ショーバイの子どもとか言われて、いじめられたみたいで」

「なんでそんなこと。それって子どもの言うセリフかな。おかしいよね。きっと親の入れ知恵だね。先生には言ったの？」

「言ったんだけど、先生はことを荒立てたくないみたいで、向こうに注意はしてくれなかった」

レイシストのデモ集団を守って、カウンター勢を排除する警官の姿が頭に浮かんだ。騒ぎが起きないことが一番に優先されるのは、小学校だって同じなのだ。それが社会の縮図だ。

頭がかっかとしてくる。

おかしい、絶対におかしい。

世の中間違っている。

間違いは正さなければならない。

「いったい誰がそんなこと言ってるの？　私がその子の親のとこに行く」

「姉ちゃん……」

健太が良美の剣幕に驚いている。

「子どものうちから差別的な言葉を吐くのは、絶対に正さなきゃ。ろくな大人にならないから、その子にとっても不幸なことよ。見過ごせない。母親がフィリピン人でなにが悪いの。それにもう水商売はやっていないでしょう。いや、やっていたとしてだからなんなのよ。健太、あなたも父親なんだからちゃんと抗議しなきゃ」

「でも姉ちゃん、相手が悪いよ」

「だから、誰なのよ」

「塚本《つかもと》さんだよ。健太にひどいこと言ってきたのは、塚本さんの息子の遼《りょう》くんなんさ」

「塚本さん……ってことは」

「そう、姉ちゃんの同級生の路子《みちこ》さんが嫁いだ、塚本さん」

良美は、記憶を呼び起こす。

高校の同級生の路子。才色兼備でリーダー的な存在だった。東京の大学に進学してそのまま就職したが、三十で地元に戻り結婚した。なかなか子宝に恵まれず、四十過ぎて念願の跡取り息子を産み、甘やかしているとは聞いていたが正太郎と彼女の息子が同級生とは知らなかった。

順調な結婚生活を送っている路子に比べ、自分は子なしバツイチの出戻りだ。それだけでも気おくれして、会うのは気が引ける。しかも路子の嫁ぎ先は地元の有力者で、良美の家が酒屋だった頃の大得意だ。

しかし、そんなことでひるんではいけない。自分は前とは違うのだ。

差別の芽を摘まなければという使命感で、力がみなぎってきた。

「私、塚本さんのとこに行ってくる」

「姉ちゃん、やめたほうがいいよ」健太がおろおろしている。

「立場は関係ないよ。悪いのは向こうなんだから。その子に謝らせるから」

良美は、自分に言い聞かせるようにきっぱりと言った。


「謝れってどういうことよ」

路子は玄関先で、良美の姿を上から下まで値踏みするような目で眺め回した。

「うちの健太が傷ついているの」

路子は整った顔をかすかに歪《ゆが》め、ふん、と鼻息を漏らした。

「正太郎が学校に行けなくなったのは、遼くんにひどいこと言われたからで……」

「それ、被害妄想よね。母親がフィリピンパブのホステスだったのは事実でしょ。ひどいことなんて言ってないわよ。言いがかりよね。失礼しちゃう。うちの子のせいじゃなくて正太郎くん自身の問題でしょ。心が弱すぎるんじゃない？」

「私いま、東京で差別扇動デモに対する抗議の行動をしているの。それでわかったのよ。こういう小さなことがレイシズムにつながるのよ。友達に差別的なことを言ってはいけないと教えるのは、遼くんにとっても良いことだと思う。フィリピン人だって日本人だって、人間はみな平等で上下も優劣もないってことも教えてあげなくちゃ」

「なに小難しいこと言ってんの。わけわかんない。偉そうに私に説教するっていうの？　なにさまのつもり？」路子は明らかに不快そうな顔になった。

「私は、当たり前のことを言っているだけで」

「帰ってくれない？」冷たく言われた。

「もっとちゃんと話を聞いてほしいんだけど」

「冗談じゃない」

路子は良美を玄関から追い出し、ドアを閉めてしまった。

まったく聞く耳を持たない路子に呆《あき》れてしまう。そして、無力な自分が情けない。

良美は、肩を落として、帰路についた。

「あんた、塚本さんとこにいったいなにしに行ってたん?」

家に戻ると、母が激しい剣幕で良美を責め立てた。どうやら路子が母に電話でもかけたようだ。

「正太郎のことで」

「余計なことしてくれたがね」

「だって、悪いのはあっちだよ。正太郎が……」

「あんた、なんか変な運動みたいなのやってるんだって? 左翼運動か。東京にしょっちゅう行くのはそのためだったんかい」

「変な運動じゃない。左翼でもない。レイシストに反対して、差別をなくすためにやっていることだよ」

「あんた、誰のためにそんなことしてるん? あたしの末の弟の恭一《きょういち》が左翼運動して、そりゃあ家族はひどい目にあったんだよ。さんざん話したでしょ。それ忘れたんかい? だからあたしは、運動が大嫌い。身近な人でなく、他人のためにいったいなにするっていうの。あたしに親孝行する方が大事だろうが。まったく、迷惑ばっかりかけないでほしいよ」

恭一おじさんは、運動に挫折《ざせつ》してから職も安定せず、ずっと独り身だ。地元に戻らず、最近まで東京でタクシーの運転手をしていた。運動のさなか、留置場に入ったことがあるとも聞いた覚えがある。母の実家では完全なダメ人間として疎んじられていた。

「私は過激なことをしているわけじゃないよ。誰かが立ち上がらないと差別はなくならないと思って、レイシストに対抗してるだけ」

「運動家にでもなるつもりなら、家から出て行ってくんない？」

「わかった。出て行くよ」

良美は売り言葉に買い言葉でそう言うと、階段をあがった。そして自分の部屋に入るや否や、キャリーバッグに荷物をまとめ始めた。

良美はファンデーションを塗り重ねながら、これで違う自分になると言い聞かせた。口紅を引いて、もうあとには戻らないと念を押し、赤いキャリーバッグを携えて階下に下りた。

母は仏壇のある部屋にこもったきりだ。ぶつぶつと言っている声が漏れ聞こえてくるが、声をかけることはせずに玄関を出た。

キャリーバッグを引きずりつつ、百二十二号線沿いを歩き、バス停にたどり着く。

イオンモールができて以来、ただでさえ風前の灯《ともしび》だった街中の商店はつぶれ、人の姿もますますまばらになってしまった。良美の家のコンビニエンスストアは生き残っているが、経営はぎりぎりの状態だ。それでも良美は自分の街に愛着がある。家族もいて、ここで長年暮らしてきた。

家を出てきたものの、頼れる人が思い浮かばない。親しかった友人の顔を思い浮かべてみるが、彼女らにも家庭があって迷惑かと思うと連絡できない。親戚《しんせき》はどうかといえば、彼らに事情を話せばきっと母の肩を持つだろうし、良美の言い分を理解してくれるとは思えなかった。

とりあえずバスに乗って太田駅に出た。南口が歓楽街となっているのとは対照的に、北口の商店街は時代から取り残された昭和の外装のまま閉じた店が並び、かろうじて営業しているのは、色あせた洋装店やがらんとした飲食店のみだ。

良美はいざこの街から出るとなると、この景色の中にとどまっていたくなった。果たしてどこに行くべきかと思いあぐね、不安が募る。

そのときスマートフォンが鳴った。健太からの着信だ。

「姉ちゃん大丈夫か？　どこにいるの？」

「太田駅」

「いま行くから、待ってて」

　良美は太田駅の待ち合わせ場所、「おおたん」の石像の前に座り健太を待った。「おおたん」は、黒い目が縦長に大きくて、愛らしい表情に気持ちが和む。子どもを育てたことがないから、キャラクターにはあまり縁がなく過ごしてきたが、娘でもいればこういう可愛《かわい》らしいものも身近だったのかもしれないと思うと、自分の人生の味気なさが感じられて虚《むな》しくなる。

「おおたん」を背にして改札口に向かい合い、ぼんやりと人の流れを見ていると、十五分ほどして健太が大きな体を揺らしてきた。車で来て、駐車場から走ったのだろうか、息を切らしている。ますます心もとなくなった頭頂が赤くなっていた。

「正太郎のせいでごめん。だけどあんなふうに抗議しに行ってくれて、ほんとに嬉《うれ》しかった。姉ちゃんありがとう」涙目になっている。

「いいって、気にしないで。かえって正太郎や健太に悪かったかもしれないね」

「姉ちゃん、行くとこあるんかい？」

「なんとかなるでしょ」答えたが、ついうつむきがちになる。

「恭一おじさんの連絡先ならわかるよ。いつも正太郎の誕生日にプレゼント送ってくれるから。おじさんとこに行ってみなよ。きっと力になってくれるよ」

思ってもみなかった提案だった。

「恭一おじさんに？　私、何年も会ってないけど」

「ほら、これ」

健太は、紙切れを渡してきた。そこには、東京の住所と電話番号が書かれている。

「それと、これ」

そう言って健太はレジ袋を差し出した。中には、おにぎりが三つと、ペットボトルのお茶が一本入っている。

「姉ちゃん、東京で好きにしたらいいよ。しがらみとか周りの目とかから逃れて」

「健太、ありがとう」

こみ上げてくるものがあって、それしか言えなかった。

中央線三鷹《みたか》駅で降り、南口に出る。初めて来る街だ。

日はすっかり暮れていたが、駅前から続く商店街の明かりはこうこうと灯っていて、活気のある店が並んでいた。飲食店だけでなくクリーニング店や百円ショップ、ドラッグストアにも人の出入りがある。花屋の店先で鉢植えを吟味する中年女性がいる。渋谷や新宿の繁華街とは違って人の住む気配が濃厚で、案外庶民的なその街並みに胸をなでおろし、緊張を解く。

商店街が途切れて住宅がちらほらと見えるようになると、夜の静けさが際立ってくる。慣れない操作をどうにかこなし、スマートフォンで地図を表示しながら、右や左に曲がって小道を進み、目的の建物の前にたどり着いた。

念のため、おじさんの家に電話を入れてみるがやはり応答はない。太田からここに来るまで何度も電話をかけたが、ずっと不在だ。

おじさんの住むアパートは二階建てで、築年数はそう経《た》っていない感じだ。外階段を上がり、一番奥の部屋の前に立つ。一階の郵便受けには、「小林《こばやし》」とあったので、この部屋が恭一おじさんの住まいに違いない。電気が消えていて、人のいる気配はない。

もう一度スマートフォンから電話をかけると、部屋の中から電話の呼び出し音が聞こえてくる。それでも一応チャイムを押してみるが、当然ながら返答はない。

恭一おじさんなら助けてくれるかもしれないなどと考えていた自分は甘かった。長く疎遠にしていたのに、タイミングよく会えると思うのは勝手すぎた。

とりあえず三鷹駅に戻ろうと思い、来た道を引き返す。だが、暗い上に同じような家並みで、途中でどこにいるか認識できなくなりとても心細くなった。

その場で立ち止まり、電信柱の住所表示をもとにスマートフォンでふたたび地図を呼び出した。すぐに駅までの経路が表示され、ほっとする。

頼れるものは、生身の人間ではなくこの小さな機械であることが哀《かな》しい。三鷹駅まで戻ったところで、そこからどこに向かえばいいのだろうかと思うと、さらに気持ちが沈んでいく。

三鷹の隣駅である吉祥寺《きちじょうじ》に住んでいるカウンターの仲間がいたはずだが、まさかその人に連絡するなんてあり得なかった。個人的な事情を話すことなどとうていできないし、迷惑をかけるわけにもいかない。彼らとはあくまでカウンターを通しての付き合いでしかないのだから。

どこかのビジネスホテルに泊まるしかないだろうと思い、近辺の空き室検索を試みる。

「良美じゃないか。久しぶりだなあ」

声に顔をあげると、目の前に恭一おじさんがいた。

「ああ、良かった」安堵《あんど》して大きく息を吐く。

おじさんと会うのは数年ぶりだ。ジャンパーの上からでもずいぶんと痩せたのがわかる上に、髪の毛はほとんど抜けてしまっていた。わずかに残っているのも白髪だ。母と十歳以上離れているから六十代前半のはずだが、七十代に見られてもおかしくはない。

　昔はエネルギッシュで実年齢よりもむしろ若く見えたほどなのに、その変貌《へんぼう》ぶりにたじろいですぐには言葉が継げずにいた。するとおじさんは、キャリーバッグに視線を留め、「腹減ってないか？」と訊いてきた。

　そう言われてみればお腹がすいていた。勢いで家を飛び出したものの、さまざまな不安が良美を襲い、電車のなかでも空腹を感じなかった。だから健太にもらったおにぎりも、口にできなかったのだ。

「ちょっとすいてる」と答えると、「とりあえずなんか食おう」とおじさんは先を歩いて行った。その歩き方も以前のような覇気はない。

　おじさんとともに商店街のラーメン屋に入った。

「こんなものしかご馳走《ちそう》できなくてすまないな。けど、ここは安いわりに美味《うま》いんだ」

　おじさんと並んでワンコインのラーメンをすする。ラーメンは確かに味もよかった。なにより、温かい物を食べると殺伐とした気持ちも和らいでくる。おじさんに会うことができてよかったとしみじみ思う。

おじさんは、半分ほど食べたところで箸《はし》を置いた。

「手術で胃が半分になっちまってから、たくさん食えなくてね。良美、よかったら、こっちの残りも食ってくれ」

タクシー運転手を辞めたことは母から聞いていたが、胃を半分切除したなんて知らなかった。きっとおじさんは、親族の誰にも自分の病気のことを言っていなかったのだろう。太田にもずっと帰ってきていなかった。ただごとではなかったのは間違いないし、いまも健康体には見えない。

良美は勧められるがまま、おじさんの残したラーメンを平らげる。まるで、それが不憫《ふびん》なおじさんをほったらかしていたことへの償いのように。

店を出るとおじさんは、良美のキャリーバッグを持ってくれた。

「行くところがないならうちに泊まるといい」

おじさんは、良美がなにも言わなくても、事情を察しているようだ。ひょっとすると健太が連絡を入れてくれていたという可能性もある。

「でも、迷惑じゃない？　とりあえずホテル泊まって、自分で家を探すよ」

体の悪そうなおじさんに世話になるのは気が引ける。

「東京で無職の女がひとりで家を借りるのは、なかなか難しい。保証人とか、そういうのもいろいろ面倒なんだぞ」

「でも」

「遠慮するな。まあ、俺もいまは仕事を休んでいるが、良美ひとりぐらい面倒見られるさ」

思いやりが嬉しくて、素直に甘えることにした。

「おじさん、ありがとう。だけど、私がどうして家を出てきたか訊かないの？」

「まあ、良美にも事情があるだろうから、話したくなったら言ってくれ」

おじさんはキャリーバッグを引いて歩き始めた。


良美は恭一おじさんのアパートに居候を始めた。

1DKの部屋は、案外片付いていて小綺麗《こぎれい》だった。おじさんはほとんど自炊せず、コンビニ弁当や外食ばかりだったようで、良美の作る料理に「美味いなあ」と顔をほころばせてくれる。良美は、せめてもの恩返しのつもりで料理だけでなく、掃除や洗濯などの家事を受け持った。

一緒に暮らしてみるとおじさんの生活は決して余裕のあるものではなかった。負担をかけまいと働き口を探すが、年齢の壁があってなかなか見つからない。四十代までの募集ばかりだったのだ。

一週間ほどした頃、健太に電話をかけて実家の様子を尋ねた。健太によると、母は嫁を呼びつけて家のことをさせているらしい。

「ごめんね」

「いいんだよ。いずれは長男の俺ら夫婦がおふくろの面倒を見なきゃいけないんだから。とにかく姉ちゃん、こっちのことは気にしないで」

健太は気を遣って言ったようだが、自分が必要のない人間のように感じられて寂しくもなる。

仕事を探しつつも、良美は差別扇動デモや集会、街宣に対して公共施設の使用を許可している自治体に電話をかけて抗議をすることも忘れなかった。

「担当がおりません」

「その件は、わかりかねます」

いかにも面倒だと言わんばかりに対応されることもある。けれどもめげずに、主催団体がいかに反社会的で、差別を扇動しているかを説明し、許可を与えないようにお願いした。

「はい、はい、はい」と形ばかり答えて聞き流す応対もあれば、まれにきちんと担当者が出てきて話に耳を傾けてくれる場合もあった。

デモ隊に対して路上で直接声をあげるだけでなく、このような地道なロビー活動も、良美はとても大事なカウンターだと思っている。これまでは、行政機関に対して自分から働きかけるようなこととは無縁の生活をしてきた。しかし、これでひとつでも差別を撒《ま》き散らすデモや集会、街宣が減るのならば、根気よく続けたい。

東京に出てきたことで、いままでは参加できなかった、「落書き」を消す手伝いもできる。差別的な落書きがあると、カウンターの仲間やその周辺の人々からの通報を受け、手の空いている有志が駆けつけて消すという活動だ。

良美はさっそく平日の昼間に、カウンターで知り合ったミチオとともに新大久保に出向いた。ミチオは、良美よりちょっと年下の男性だ。自由業らしいが、なにをしているかは知らない。ミチオ、というのもツイッターのアカウント名だ。

現場を探していると、新宿区百人町《ひゃくにんちょう》の住所表示のある電信柱に、その落書きはあった。

黒い塗料で書かれた憎悪の文字。

ミチオと一緒に、ビニールのレインコートにマスク、ゴム手袋という姿で、文字に除去スプレーを吹きかける。

「くそチョン」

「ウジ虫コリアン帰れ」

コリアンが多くいる街の一角に、黒々と刻みつけられた文字は、刃物でえぐるような痛手を与えてくる。

どうしてこんなことをするのだろう。

デモのカウンターをしている路上でもいつも湧いてくる疑問が、頭の中で何度もこだまする。その行為の卑劣さに体が震えそうになるが、作業に没頭することで感情を抑えた。

この落書きを消す。

差別を消す。

良美は必死に手を動かして、黒い文字を消し続ける。

なんとか字が読めないようになったので、今度は韓国料理店の看板に書かれた「死ネ」の文字を取り除いた。

ニューカマーの韓国人店主は、黙って良美たちを見守っていた。その目には諦《あきら》めの気持ちが見て取れて、良美はやりきれなくなった。

落書きを消す作業を終えて、ミチオとドン・キホーテ二階にある喫茶店に入ったが、お互いに最初は無言だった。注文したコーヒーと喫茶店の名物のスイーツを前にして、ミチオは沈痛な表情を浮かべている。良美も、言葉を発する気力が失《う》せていた。パンの上に載せられたソフトクリームがだんだん溶けてくる。

黙って向かい合っていると、いまここに座っている自分がふと不思議に思えてくる。

地元では、こうして赤の他人の男性と二人きりで喫茶店に入ることなどありえない。けれども、東京でカウンターに参加するようになってからは、ミチオやカウンターの仲間と男女交えて飲みに行くことが頻繁にあった。

東京は実に自由な街だ。解放される。

彼らといるときは、出戻りの年増女というレッテルはなく、ただのカウンターの仲間のひとりとして扱ってもらえることが嬉しかった。

カウンターといっても特別な組織があるわけでもなく、自発的に集まった人たちがおのおののやり方で行動している。いくつかグループのようなものはあるが、誰かが統率しているというわけでもない。ひとりで来てひとりで帰っていく人もいる。

デモの現場の最前線で大声を張り上げ、かなり挑発的な言葉を発し、攻撃的な態度でいるグループもあれば、後方でプラカードを持って立ち、デモを見張るのみの、

「見守り隊」という人たちもいる。ビラ配りやプラカードで、一般の人に向けて差別扇動的なデモの存在を周知させている人びとも見られた。

ミチオと良美はツイッターでもよく絡んでいて、行動を共にすることが多い。デモを一緒に追いかけて、対抗する言葉を彼らに投げている。デモの行く手を阻もうと道路に寝転んだときも近くにいた。カウンターの終了後、何度かお酒を飲んだこともあり、良美はミチオに対してほのかな好意を持っていた。

コーヒーを半分ほど飲んだ頃合いに、ミチオが「そういえば」と口を開いた。

「ヨンワイプさん、今日は群馬からわざわざ来たの？」

「ううん。実はちょっとの間東京にいて。親戚のところに世話になっているの。だから、当面はもっとカウンターのお手伝いもできると思う」

「そうなんだ。それにしても留守にして大丈夫なんて、理解のある旦那《だんな》さんだね」

「え？　ああ、まあ、そうなの」

夫がいるように装っていたので、話を合わせた。

離婚して実家に戻ったことで肩身が狭く、母の顔色を常にうかがいながら窮屈に暮らしていた良美は、ツイッターで別の人格を演じることで現実から逃げていた。不憫な出戻りのおばさんではなく、満たされた専業主婦に見られたかった。

「ミチオさんこそ、毎週末のように出かけてカウンターしていて、ご家族はなにも言わないの？」

ミチオに妻子がいるかどうかも知らなかったので、漠然と「ご家族」と訊いてみた。

「僕のとこは別に大丈夫だよ。娘なんてもう高校生で僕のこと疎んじているし、妻は妻で友達とマラソン大会に出たりしてさ。僕に関心ないみたいだしね」

結婚していたことを知り、少なからずショックだった。気持ちが落ち込んでいくが、たとえ独身だったとしてもどうにかなるわけでもないのだから、いずれにせよほのかな片思いに変わりはないと自分で自分を慰めた。

「二人とも差別について無頓着で、それが僕には腹立たしかったりするよ」

良美は母の顔を思い浮かべながら「わかる」と言った。

「一番身近なはずの家族でさえ無関心だと、途方に暮れてしまいそうになる」

「なにから手をつけていいかわからないけど、僕たちはやれることをやるしかないよね。まず、直接、差別的な言葉を吐く集団に現場で声をあげてカウンターする。自分たち発信の平和的なデモもする。イベントも大事だよね。こうやって地道に落書きも消す。行政にも電話して、デモや集会、街宣の許可を取り下げてもらう努力をする。それと、署名を集める。ネトウヨに反論する。手探りだけど、とにかくやり続けるしかないね」

良美は、深くうなずいた。同じ志で気持ちが通じるというのは、こんなに心震えるものなのかと、目頭が熱くなる。この絆《きずな》をずっと大事にしたいと強く思った。


良美は三鷹駅の北側のコンビニエンスストアで、パートとして週に四回働き始めた。ほとんど客層が固定している田舎の店と違い、ひっきりなしに出入りする客の対応に最初は戸惑った。しかし、実家と同じフランチャイズチェーンで勝手も承知していたので、二週間もすると慣れてきた。

パートと家事、そしてカウンター。良美の生活は忙しかった。一方、恭一おじさんは、仕事を探しているとは言っていたが、ほとんど家にいた。体調もあまりよくないようで、寝込んでしまう日もある。

良美は、暇な時間があるとツイッターに張り付いて、つぶやくかリプライを返すかした。また、インターネットで頻繁に情報の収集もする。さらに、カウンターの仲間から勧められた書籍を読み、報道番組もチェックした。新聞も熟読する。シンポジウムや勉強会にも積極的に出向いていく。

韓流ドラマを通じて韓国人俳優やK－POPアイドルのファンになり、彼らと同じ韓国人にひどいことを言うのが許せないという単純な動機からカウンターを始めた。

以前は政治や社会問題に興味がまったくなかったし、選挙にも行かなかった。しかし、いろいろ学び、ミチオをはじめとしたカウンターの仲間と話していると、なるほど世の中がおかしいのは政治や行政の責任が大きいのだと思うようになってきた。

差別、ファシズム、戦争、秘密保護法、現政権の許しがたい方針、それら全部に足並みを揃《そろ》えて反対しなければならない気持ちになってくる。すべてはつながっているのではないだろうか。

ミチオに誘われて、反原発の集会にも行った。地震による事故は恐ろしいと思いながらも、原発の是非については実は意見を持っていなかった。二度、三度と集会やデモに行くうちに、反原発は当然だと思うようになった。

闘うことは山のようにあるのだと、良美は日々気持ちを奮い立たせて過ごしている。

恭一おじさんの家で世話になって、三ヶ月が経った。

暮れも押し詰まったある日、反差別を訴える集会のフライヤーを持ち帰りテーブルに置いておいたところ、どうもおじさんがそれを見たようだった。フライヤーの置いてある場所が、元の位置と少しずれていた。

良美は、カウンターをしていることを別に隠していたわけではない。ただおじさんが左翼運動に挫折したという過去があるのを知っていたので、おじさんに対しては堂々とできない感じがあった。

おじさんは夕食の途中で、良美に話があると箸を置いた。フライヤーのことかと良美は身構え、座り直す。

「おじさんを見てみろ」

言われるがまま、おじさんの顔を見つめた。生気がなく顔色が悪い。

「家族からは見放され、仕事もない。友達もほとんどいない。なんのために生きているのかわからない」

おじさんは、天井を見上げて、「そして、病気にもなってしまった」と言うと目を閉じた。皺《しわ》だらけの細い首と喉仏が目に入り、なんとも胸が苦しくなってくる。

おじさんはまぶたを開くと、良美をまじまじと見つめた。

「良美がいま、運動に夢中になっているのは知っている。健太からも聞いたよ。スローガンの入ったTシャツが洗濯して干してあるのを見たから、だいたいどんなことしているかもわかる」

良美は、おじさんの視線をしっかりと受けた。おじさんが、まさか良美の行動を非難するはずはないと思っていた。しかし、おじさんの表情からは好意的なものが感じられない。

「おじさんはわかってくれるよね」

「俺にも崇高な志があって、社会に憤って運動に身を投じていた時期があった。あれは中毒みたいなもんだ。生きている実感を得ることができるし、正義のためにやっているっていうのは、実に気持ちのいいものだ。夢中になるのも理解できるさ」

「気持ちいいなんて、そんなことじゃない。とにかく誰かが立ち上がらなきゃって思いでやってるだけだよ。私なんて、運動っていうほど大層なことしているわけでもないし」

「良美のやっていることは、明らかに社会運動だよ。良美が純粋な気持ちでやってるのはわかる。それに、言っていること、やっていることが正しいのも、百も承知だ」

だがな、とおじさんはそこでいったん言葉を切って、息をついた。

「良美、これはいまになって思う本音だからよく聞いておけ」

おじさんは良美から視線を外し、遠くを見つめるような眼差《まなざ》しになった。

「俺は運動にのめりこんだ。だけど、なにも残らなかった。空っぽなんだ。虚しいよ、すごく。結局世の中は変わらなかったし、一緒にやってきた仲間はばらばらになっちまった。みんな自分の事情があって、手を引いたり、なかには転向したりしていった者もいる。当たり前だけど、人間ってやつは、しょせん最後は自分自身の生活が大事なんだ。そこが居場所だと思って必死になっていても、いつの間にか俺はひとりになっていた。それこそはしごを外されたような気持ちだったよ。中でのごたごたもあった。もろいもんだよ。女のことでもめて殴りあったりな。方法論でけんかして派閥もできた。最初は純粋な気持ちで始めたのに、俺は、だんだん振り回されていった」

おじさんは外した視線を戻して、「な、良美、いいか」と真正面から見つめてきた。良美は黙って見つめ返す。

「組織っていうのは、それ自体を維持するための論理が生まれて、中で排除が始まることがあるんだ。気にくわない奴《やつ》を追いつめてやめさせたこともあるよ。いま思うとずいぶんひどいことをしちまった。そりゃあ、いまだに運動を続けている奴もいる。社会を良くしよう、おかしなことは正そうっていう気持ちのまま続けてる奴もいないわけじゃない。だが、敵を見つけて、反対することそのものが目的になってしまうこともある。過激になって俺も逮捕された。そしたら、家族に見放されたよ」

良美は母がおじさんを悪く言っていたことを思い出す。

「社会のためっていうより、自分の満足のためにやっているように思える奴らもいるよ。自己承認を求めて、って言い換えることもできるかもしれないな。俺だってそうだったのかもしれない。つまり、本質を見失ってしまったってことだ」

組織だの排除だのという話は、自分とは関係ない。まして、自己承認とか自己満足というわけでは絶対にない、と良美は反発を覚えた。

「私は、少しでも差別をなくすため、社会を良くするために力を貸したい。ただそれだけだよ。目の前に明らかに差別があるのに、自分に関係ないからって見て見ぬふりをしたくない。変わらないと言って逃げたくはない。諦めたくはない。現に、カウンターの成果で、新大久保では差別扇動デモが行われなくなったんだよ。おじさんの時代といまは違う。運動も変わってるはずだよ。それにカウンターは組織ではないし」

強い調子で言い返すと、おじさんは悲しげに目を瞬《まばた》かせた。

「俺は、運動なんかに足を突っ込まずに、普通に家庭を持って、子どもを育てて、目の前の小さな幸せを求めた方がよかったんじゃないかってよく思うんだ。せめてもっと早くやめればよかった。運動にも挫折し、家族や大切な人に迷惑ばっかりかけて、仕事も転々として、なにひとつ成さずにこれまで生きてきた。もうすぐ俺の人生も終わるだろう。良美はまだ続くんだ。いまから恋愛だってしたらいい。再婚すればいい。そうでなくても、もっと違う趣味や楽しみを見つけて……」

おじさん、と良美は続く言葉を遮った。

「私の人生、ずっと空っぽな毎日だった。どうせ最初から空っぽならば、このままなにもなく過ごすよりは、最後にすべてを失っても、できる限りやれることをやる方がまし」

少しの間うつむいて考え込んでいたおじさんは、顔を上げて、「そうか、わかったよ」とうなずいた。

おじさんは、悲惨だった良美の結婚生活を知っているはずだ。子どもができないことを同居の姑になじられ続けた。夫は姑の言いなりの男だった。さらにその後の、性格のきつい母との生活についてももちろん理解してくれているに違いない。

「だがくれぐれも、運動を自分の居場所にはするな。ほかの場所や逃げ道も用意して、あまりのめりこむんじゃないぞ。常に、なんのためにやっているか、その本質を見失わないようにしろ。決してヒロイズムに陥るな。これはおじさんの遺言だと思ってくれてかまわない。良美のためを思って言っているんだ。お前は俺の大切な肉親だから、俺みたいに不幸になってほしくない」

おじさんは席を立ち、外に出て行ってしまった。

食べかけの白米が半分ほど残った茶碗《ちゃわん》が目に入ると、刺すように胸が痛んでくる。たまらなくなって立ち上がり、食器をシンクに下げた。

第五章　龍平　Ryuhei

龍平《りゅうへい》は、鍋《なべ》からすくった豚肉をポン酢にたっぷりと浸《つ》けて口に放《ほう》り込む。このさっぱりした薄切り肉を味わう瞬間、日本に帰ってきてよかったとしみじみ思う。

「金田《かねだ》、いつまでこっちにいんの」

「ああ、三日にソウルに戻る」

口の中に肉を入れたまま、目の前に座る佐藤《さとう》に答える。佐藤に会うのは卒業以来三年ぶりだが、以前よりやつれて見える。

「はえーな」

「あっちは旧正月がメインだから、正月休みが短くてすぐ講義が始まるんだよ」

答えてから、ビールを一気にグラス半分ほどあけた。ビールもコクがあって龍平の好みだ。一年ぶりに戻ったが、もう少し頻繁に帰ってもいいかもしれない。

「お前、いきなり韓国に行ったから驚いたよ」

宍戸《しし ど》はすでにだいぶ飲んでおり、顔が赤くなっている。佐藤とは逆に、学生時代よりも一回り体が大きくなったようだ。「仕事のストレスで、飲んだり食ったりしすぎて太った」と本人は言っている。確かに酒のピッチも速く、乾杯のビールから数杯目のレモンサワーを飲んでいた。

「で、どうなのよ、ソウルは？」宍戸が訊《き》いてきた。

「どうって、まあ、寒さはかなりきついな」

「日本人だと、嫌な思いするんでないの？」

宍戸も佐藤も龍平が在日韓国人で、帰化したことなど知らない。二人は、大学の学科が一緒だった。大学院に残った龍平と違って、彼らは就職して社会人だ。昨日が年末の仕事納めだったらしい。宍戸が婚約したので、久しぶりに会おうということになった。

「嫌な思い？　そんなの、ぜんぜんないけど」

「意外だね。韓国って反日国家じゃん。お前、どうして留学先をわざわざそんなとこにしたの？」宍戸は、さらに質問を重ねてきた。

「わざわざっていうか。韓国って民主化して日が浅いし、南北分断してるし、国そのものがドラマチックだから研究対象としても興味があって。それに、反日感情がある人もいるけど、目に入る範囲では反日行動みたいなのはほとんど見かけないよ。俺の知る限り、日本人にどうこうするってことはない。俺は韓国好きだけど」

彼らに「韓国を留学先に選んだのは、在日韓国人なので自分の国に行ってみたかったから」と素直に言えない自分がもどかしい。

帰化して吹っ切ったはずのわだかまりも、まだまだ自分の中に残っているのかもしれない。ずっと通称名で、韓国人ということを伏せてきたから、龍平を日本人だと思い込んでいる彼らに、いまさら韓国人だと言う必要もないような気がしていた。

「金田、東アジア専攻だったもんな」

佐藤が言ってくれてほっとした。これ以上面倒な説明をしなくてすむ。三人は、大学で政治学を専攻していたのだ。

「つうか、実際どうよ、韓国の女は。付き合ったりしてみた？　みんな整形なんでしょ」宍戸がまた話を戻してしまう。

「女の子？　そうだなあ、まあ、いい子もいるし、イマイチの子もいる。それはどこの国でも同じだと思うよ」

整形については、龍平には判別できないので触れないでおく。夏休み明けに急に二重になった同級生がいたのは事実だが、その子にはあまり関心がなかった。

「けどなあ。留学してる金田には悪いけど、俺は嫌いだなあ、韓国も韓国人も」

宍戸のしつこさに、体の奥底からだんだんと怒りが湧《わ》きあがってくる。

「どうして嫌いなの?」それでも努めて感情を抑え、問いを投げかけた。

「理由はいろいろだよ。あの国のやることなすこと、とにかく嫌い。韓流ババアとかKポ好きな脳内お花畑のバカ女たち以外、日本人はたいがいみんなそうだと思うよ。龍平こそ、韓国が好きなんて変わってるよな。もしかしてお前、反日なわけ?」

「そういう話は置いといてさ。食べ放題の時間制限あるから、どんどん食おうぜ」

佐藤がとりなすように言ったが、龍平は腹の虫が治まらなかった。

「宍戸、韓国とか韓国人が、なにかお前に迷惑かけたの?」

龍平が訊くと、宍戸は、唇に薄ら笑いを浮かべた。

「迷惑? そうだな。言ってみれば、そもそも韓国という反日国家の存在そのものが迷惑なんだよね。消えてなくなればいいのにな。在日もウザイよね」

「そうなんだ。申し訳ないね」思わず返してしまった。

「別に、留学してるからって、金田が謝ることはないけどさ」宍戸は、鍋に箸《はし》を伸ばした。

「宍戸、韓国行ったことないんでしょ。イメージだけで言ってるんだとしたら、実際の韓国は……」

気持ちを鎮めつつ言った龍平の言葉を、宍戸が、「イメージじゃねえよ」と遮った。

「報道でも韓国のひでえ行いは目にするじゃん。それに、在日の犯罪だって多いし、好きになれっていう方が無理じゃないの？　在日は生活保護も優遇されたりとかさ、許せねえよ。俺らはせっせと高い税金や社会保険料を払ってんのにさ」

「在日の犯罪が多いとか生活保護の優遇って、それデマだと思うよ。ネット情報でしょ」佐藤が落ち着いた声で言った。

「とにかく、嫌いなものは嫌いなんだよなあ。仕方ないよね」

宍戸は開き直ったように言い、悪びれることなく肉をほおばった。その顔を見ていると、なにもかもぶちまけたくなってくる。大学時代は気のいい男だと思っていたのに、こんな偏見を持っていたなんて、裏切られた思いがする。在日韓国人だったことを知られて、宍戸にどう思われてもいい。こんな差別的なことを言う人間とは、むしろ友達でいたくない。

龍平は、唾《つば》を飲み込んでから、「俺さあ」と息を吐く。

「いままで隠してたけど、宍戸が嫌いな在日韓国人なんだ」

「え、マジか」

宍戸は目を丸くして龍平を見つめた。佐藤は黙って下を向いてしまい、気まずい空気が流れる。

はははっと宍戸がわざとらしく笑い声を作った。

「お前、冗談はやめろよな。俺に対するあてこすり?」

「冗談じゃないよ。金田っていうのは通称名で、本名は金《キン》。いまは帰化してるけど」

ふたたび沈黙が流れた。宍戸は、しばらく鍋を眺めたあと、「帰化してんなら、日本人じゃん」とつぶやくように言った。これまでの饒舌《じょうぜつ》な様子と違って、表情も曇っている。

「国籍は日本になったけど、血が入れ替わるわけじゃないから、俺は自分をいままでも韓国人だと思ってる」

宍戸は龍平の言葉には答えず、レモンサワーを飲み干した。

「いつ帰化したの?」佐藤が訊いてきた。

「学部のとき。就職のこととか将来のこととか、いろいろと考えて」

「そりゃあ帰化するでしょ。やっぱり日本人でいる方がいいもんなあ」宍戸がしたり顔をして言った。

「日本で暮らしていく上では、日本国籍である方が、そりゃ不便が少ないよ。宍戸みたいに、韓国人や在日が嫌いな人も多いしね」

龍平が答えると、宍戸が今度はむっとした表情になる。

「そういうの傷つくんだよなあ。俺、お前を嫌いなわけじゃないのに責められるとさ」

「別に責めてないだろ」

「責めてるだろ。俺を非難してるよ。だから面倒くさいんだよ、在日って。二言目には、差別、差別ってうるさいし。七十年前のことも、いまだにグダグダ言ってきてウザイんだよね。謝れってしつこいし。罪悪感を押し付けてきてさ。なんだよ、龍平が在日だなんてショックだし、残念だよ。俺は、日本人の多くが思っていることを言っただけなのに、目くじら立ててさ。ネットでも、本や雑誌でも、韓国のことはみんなディスってんじゃん。韓国人のことは日本人みーんなが嫌いなんだよ」

「いや、みんなってことはないだろう。俺はそうは思わない。別に韓国や韓国人のこと嫌いじゃないよ」

宍戸は「なんだ佐藤」と顔色を変えた。

「チョンをかばうのかよ。俺ひとり、悪者みたいじゃん」

「お前を責めてるわけでもないし、龍平をかばっているわけでもないよ。とにかく、せっかく久しぶりに会ったんだから、言い争いはやめようぜ。話題を変えよう」佐藤は穏やかな調子で言った。

「金田、お前ら在日は権利ばっかり主張するけどさ。日本にいられることを黙っておとなしく感謝してればいいのに、偉そうなこと言ったり、楯突《たてつ》いてきて、ムカつくよな」

宍戸は食い下がって、また龍平に絡んでくる。

「俺は別に権利とか主張してないけど」

「そうだったな。龍平は親が金持ちだから、むしろ在日特権を享受してる方か。でさ、俺みたいに会社にこき使われることもなく、留学だの、院だの、学生やってられんだもんな。恵まれた在日ってか。もしかして、お前の親、税金とか払ってないんじゃね？　ひょっとしてパチンコ？」

龍平の唇が震えてくる。龍平の父親は確かにパチンコ店を経営しているが、宍戸に非難されるようなことはしていない。それに、「ひょっとしてパチンコ？」と訊いたニュアンスに侮蔑《ぶべつ》の感情が読み取れた。

拳《こぶし》に力が入り、いまにも宍戸に殴りかかりそうになったとき、佐藤が「宍戸、いい加減にしろよ」と少しきつめの口調で言ってくれた。

龍平は、握った拳の力を緩めた。

「そういう言い方は、金田に対して失礼だよ。ちょっとひどいんじゃないか」

「は？ 佐藤って、もしかして反日左翼か？」

宍戸の目が据わっている。こんなに酒癖が悪かったとは知らなかった。

「お前、飲みすぎだよ。酒はそれぐらいにしとけよ」

佐藤が窘《たしな》めるが、宍戸は、うるせえよ、と睨《にら》み返している。

「そうやって、俺をのけものにするっていうわけね。はいはい、わかりました。邪魔者は帰りますよ」

宍戸は「あーあ、くそムカつく」と言って立ち上がり、千円札を三枚、投げるように置くと席から離れた。金額が少し足りなかったが、佐藤も龍平も黙って見送った。

宍戸の姿が見えなくなると、佐藤が大きくため息を吐《つ》いた。

「金田、気にすんな……って言っても無理だろうけど」

「俺、昨日おやじに、在日韓国人が生きにくい世の中だ、これからますますそうなるって、聞いたばっかりだったんだ。いまひとつピンと来なかったけど、こういうことかっていまわかったよ」

そうか、と佐藤がうなだれて「ヘイトスピーチとかやってる集団もいるみたいだしな」と続ける。

「それに、週刊誌も嫌韓記事すごいし。正直、宍戸みたいな奴《やつ》がけっこういて、わりと目につくようになったと、俺も思う。フェイスブックでも嬉《うれ》しそうに中国や韓国の悪口を並べてる友達とかいる。嫌うのは仕方ないとしても、胸の中だけにしておけばいいのに、わざわざSNSに書き込まなくても、って思うよ。会うとごく普通なのにな」佐藤は首を左右に振った。

「俺だって、宍戸があんなこと言うなんてびっくりだよ。面白くていい奴なのに。彼女だっているし、どっちかっていうとリア充だから、ものすごい不満を抱えていてそのはけ口として韓国を憎んでいるってわけでもないよな。なんであんなに韓国への憎しみを抱えているんだろうな」龍平は腕を組んで、首をかしげる。

佐藤は、よくわかんないけど、と言うとうつむいて考え込んだが、すぐに顔をあげて、あれこそ、と言葉を続ける。

「ヘイトスピーチそのものだよな」

「ほんとだよ。直接言われるとさすがにこたえるよ」

「だよな」

「でも、きっと宍戸の言ったようなことって、珍しい考え方でもないんだろうね。そう考えるとさ、俺のおやじが言うように、このご時世、日本で在日韓国人として生きていくってけっこうしんどいと思う。むしろ韓国で日本人が暮らす方が楽かもしれないって思うぐらいだよ。まあ、あっちでも酒の席で竹島の話が出ることとかあって、熱くなる奴もいるけどさ」

「そうなんだ……」

「だからって日常生活で害を被ることはたぶんないよ。本屋に反日本が並んでるわけでもないし、むしろ日本の小説が売り上げランキングに入るくらいだよ。街中の目立つところで日本人は死ね、殺せって叫ぶような連中を見かけることなんてありえないな。日本人であることで傷つくってことは、ソウルではめったにないと思う」

「韓国は反日感情が強いって思ってたから意外だな」

「ああ、伝えられ方が偏ってるよ」

反日だというネタを見つけては、自分たちが韓国を嫌う根拠にしているのかもしれないと龍平は思う。これだけ情報が行き交っているいまの時代に、隣の国の普通の人の様子が伝わらないのは変だ。

「そもそも、いまは日本にあまり関心のない韓国人も増えてる。韓国人ってさ、独裁とか軍事政権長いから、国と人とを分けて考えるとこがある。だから日本の政府のやり方は嫌いでも、日本人とか日本の文化は好きな人が多いよ。街にも日本のものが溢《あふ》れまくってるし」

「聞いてみないとわかんないもんだな。金田は、日本人として韓国で暮らしてんの？　自分が韓国人だったたって、向こうでは言わないの？」

「留学したての頃《ころ》は、なんだか浮かれて『俺、キョッポなんだ』って、会う人会う人にいちいち言ってたんだよね。あ、キョッポって、在日コリアンのことね。だけどさ、向こうの反応が薄くて、だから？　みたいな感じで逆に寂しくなっちゃってさ。韓国人のくせに韓国語下手だねとか、軍隊行かなくてよくていいよねとか嫌味っぽく言われることもあった。だからいまは、キョッポだってことは、よっぽどじゃないと告白しない。俺の国籍は実際日本だし」

「いろいろ、複雑なんだな……」

「宍戸が言うように、確かに俺って、面倒くさい奴なんだよね。韓国にいると、文化的にはやっぱ日本人だなって思い知らされる一方、さっきみたいに韓国をディスられると韓国人っていうプライドがむくむくと湧き上がってきてめちゃくちゃ腹が立つ。韓国人だってことはいままで隠してたから、卑怯《ひきょう》っちゃあ卑怯だし、韓国ではすっかり日本人風情でいるし、ずるいよね。世界中から取り残されてるって感じもして、けどそれも被害妄想なのかなって自己嫌悪したり」

佐藤は「俺なんかにはわからない感情だよな」とつぶやく。

「俺の魂はいつまでたってもさまよっているって感じで、落ち込むよ。暗くなっちまうよ。佐藤や宍戸みたいにしっかりとその国のマジョリティとして生まれ落ちることって、アイデンティティに迷いがなくて羨《うらや》ましい。向こうの韓国人に対してもそう思う」

「俺がどうこう言える立場ではないけど、落ち込んだりするなよ。俺にとって金田は、金田でしかないから。何人《なにじん》とか、アイデンティティとか、カンケーねーから。とにかく、大事な友達っつうの？ なんか、だせえ言い方だけど」

佐藤の言葉が胸にぐっとくる。涙が出そうになるのをごまかそうと、龍平はぬるくなったビールを喉《のど》に流し込んだ。

龍平の実家では、韓国本国の人たちのように旧正月に祭祀《チェサ》をすることはなく、新暦の正月に行う。だいぶ簡素化していて、韓国料理の品数もそう多くはない。さらには、日本風のおせち料理も並び、在日韓国人ならではのちゃんぽんになっている。キムチの横に栗《くり》きんとん、チヂミとチャプチェの隣にたこや数の子がある。今年は特に、「龍平が和食を食べたいだろうから」と母が配慮してくれて、日本料理の割合が多かった。母の作る煮しめや昆布巻き、雑煮は本当に美味《おい》しい。以前は祭祀の料理や作法にうるさかった父も、生まれたばかりの孫の理奈《りな》に夢中で文句ひとつ言わない。すっかり好々爺《こうこうや》になっている。

龍平は母の手料理をたっぷりと堪能した。やはり実家は心安らぐ場所だ。産後で里帰りしていた姉に理奈を抱かせてもらい、家族水入らずで、楽しい時間を過ごした。

しかし、宍戸とのやりとりは心の片隅に残っていて、気分がすっかり晴れるということはなかった。

元日のバラエティ番組を眺めつつ、韓国の友人とスマートフォンでメッセージのやりとりをしていると、ちえからメッセージが入った。夏に水原《スウォン》で会って以来、ちえとは一週間に一度か二度くらいの割合で連絡を取り合っている。近況報告が主だが、彼女のメッセージが待ち遠しい。ちえに好意を持っているが、彼女の気持ちを測りかねていた。龍平が積極的に押すと、少し逃げ腰になる。そうかと思うと、メッセージが連投されてきたりするが、心を開いてくれていない雰囲気があった。

あまり踏み込んではいけないような気がして、興味はあるのに根掘り葉掘り訊かないようにしていた。ちえが自ら語った話からすると、大学生で、クレープ屋でアルバイトをしているらしい。ひとりっこだということもわかっている。

〈あけましておめでとう〉

〈日本のお正月、楽しんでる？〉

ちえの文面にどう答えるか迷う。日本に戻ることは伝えてあったが、会おうと言えるほどの仲でもない。

〈おめでとう〉と送り返し、さらに文字を打ち込む。

〈やっぱり、自分の家はくつろぐよ〉

〈寒さもソウルよりゆるいし〉

無難な内容にしたが、すぐにレスが来て、心が躍る。

〈いつまでこっちにいるの？〉

これは単なる質問か。それとも、会ってもいいという示唆なのか。

ちえに会って、デートの真似事《まねごと》のようなことをすれば、きっと楽しいに違いない。気分転換にもなる。宍戸に浴びせられた暴言の痛手を少しでも軽くできるかもしれない。

龍平は、ちえがどう思うかより、自分が会いたい気持ちを優先しようと決めた。

〈三日の朝の便でソウルに帰る〉

送信してから、すぐさま打ち込みを続ける。

〈よかったら、明日会わない？〉

文面を三回ほど読み返し、送信した。

レスはすぐには来なかった。積極的すぎたのかもしれないと、即座に後悔する。スマートフォンの画面を眺めているのが苦しくなってきて、もう諦《あきら》めようと思った矢先に、やっとレスが届く。

〈明日はバイト入れちゃったけど、代わってもらえるか、聞いてみる〉

わざわざバイトをずらしてくれようとしているということは、自分と会うのが嫌ではないのだろうと想像し、顔がほころぶ。

〈もし、会えるようだったら、映画でも観《み》ようよ〉うきうきした気持ちでメッセージを送る。

〈わかり次第、連絡しまーす〉

その後に女の子が微笑《ほほえ》むスタンプが送られてきて、幾度かスタンプを互いに送り合って、やりとりを終わらせた。

正月二日の横浜みなとみらい21は、人出が多くカップルもたくさんいた。体を寄せ合う男女に刺激されつつも、ちえとは一定の距離を保って並んで歩いた。最初はぎこちなかったが、話はしだいに弾み、彼女も楽しそうに見える。

ハリウッド大作のSF映画を観たあと、カフェに入った。海が見渡せる席だった。こうしてデートっぽいことをするのは久しぶりだ。

高校時代からの彼女とは三年ほど付き合った。こちらが在日だと最後まで言えなかったが、別れた原因はなんとなく疎遠になって自然消滅というもので、自分の出自とは関係なかった。

大学二年で彼女と別れたあと、バイト先で知り合った在日同胞の同い年の女の子と二年間交際した。彼女は本名を名乗っていて、高校までは民族学校だったという。

龍平はずっと日本の学校で、通称名で暮らしてきた。親戚《しんせき》以外の在日との付き合いはほとんどなかったので、彼女とは出自を隠さないで本音で話せるということが嬉しかった。わかり合える部分も多く、真剣に付き合った。将来結婚してもいいかもしれないと思ったぐらいだが、細かい諍《いさか》いがないわけではなかった。彼女からしたら、龍平が韓国人として胸を張って生きていないことが許せないようだった。

決定的な別れるきっかけは、龍平が帰化したことだった。彼女は「信じられない」「卑怯者」と、龍平のもとを去っていった。

龍平がソウルに留学を決めたのは、彼女の影響かもしれないと思う。彼女を心から好きだった。堂々としている彼女が羨ましく、尊敬もしていた。だから、彼女から拒絶されたのがショックで、それまでにも増して自分のアイデンティティに疑念や迷いが生じたのだ。

ソウルに行った当初はさらに混乱したが、いまは「悩むこともない、俺は俺だ。何人《なにじん》でもない」と結論づけて楽になった。韓国や韓国人に過度なシンパシーを持ち、理想化していたのは日本にいるがゆえの幻想だった。結局はソウルにいても韓国や韓国人への帰属意識は強く持てないことに気づく。そういった意味ではソウルに留学して本当に良かったと思っている。

ソウルでちょっといい感じで交際の始まった韓国人の女の子も、龍平を日本人として見ていた。自分の葛藤《かっとう》をまったく理解してもらえないもどかしさがフラストレーションになって、交際はうまくいかなかった。考え方や嗜好《しこう》も微妙に異なり、コミュニケーションのすれ違いが多かった。

目の前にいるちえは、少なくとも龍平が在日韓国人だったことは知っている。友人の佐藤にしても、理解があった。出自を明かしても態度を変えない日本人なら自分を受け入れてくれるのではないだろうか。

「俺の予定に合わせてもらってありがとう。バイト、大丈夫だった?」

「友達が代わってくれたから。あ、ソウルに一緒に行った子ね」

「その子とは、仲がいいんだね」

「実は、ちょっと喧嘩《けんか》っていうか、行き違いがあって最近ぎくしゃくしてたの。だから、連絡する口実ができて逆に助かった」

「それで、仲直りはできたの?」

「うん、たぶん」

ちえは曖昧《あいまい》にうなずいて、目の前のコーヒーを口にした。

「俺も、年末に友達と口論になっちゃって、なんだかすっきりしないんだ」

「難しいよね。自分の気持ちを理解してもらうのって」

「そうだね」

なにか通じ合ったような感覚が芽生えてくる。もっとちえに自分のことを知ってほしいと感じると同時に、彼女のことも知りたいと思った。黒髪のストレートヘアでほとんど化粧もしておらず、どちらかというと地味でおとなしいちえだが、龍平は主張が強すぎないところに好感を持っていた。彼女といると、気持ちが浮き立ってくる。

「ほら、いま嫌韓がすごいでしょ。ヘイトスピーチとか。仲がいいと思ってた友達が、まさにそういうことを言ってきて、すげえショックでさ」素直に心のうちを吐露してみた。

反応が気になっていたたまれないが、ちえはすぐには答えない。眉《まゆ》をぴくりと動かすだけで表情もなく黙っている。

いくらソウルに旅行するぐらい韓国を好ましく思う子だからといって、こういう話題はタブーだったのかもしれない。

「ごめん、ごめん。暗い話やめようね。さっきの映画でさ、船酔いみたいに頭がくらくらしたせいか、血迷って変なこと言っちゃったよ」

「あの……ヘイトスピーチは、許せないと思うけど、あまりそういうの、考えたくなくて。ごめんなさい」

「いや、こっちこそごめん」

「あの、私、トイレに」ちえは立ち上がり、そのまま席を離れた。

余計なことを言ってしまったことを後悔する。せっかく楽しい時間を過ごしていたのに、自ら台無しにしてしまった。

そのとき、コーヒーカップの横にあるちえのスマートフォンが震えた。慌てて席を立ったから、置きっぱなしにしていったらしい。

ふと目をやると、上に向けてあるままの画面に、文字が一部表示されている。どこからか、メールが来たみたいだ。

「金田知英様《ちえ》　このたびお申し込みいただいた製品につきまして……」

金田知英？

金田という苗字《みようじ》なのか。自分と同じではないか。名前は知英と書くのも初めて知った。

同じ苗字であることをなぜ黙っていたのだろうかと思うと、龍平の胸がざわざわとしてきた。立ち上がりトイレの方向を見ると、混んでいるのか、彼女は三人目に並んでいた。少し時間がかかりそうだ。

龍平は席にふたたび腰掛ける。そして、自分の姿が知英から見えないことを確かめてから、テーブル下のバッグ置きのかごを自分の方に引き寄せ、知英のトートバッグの中を覗《のぞ》いた。

長財布を見つけ、手を伸ばしかけたがやめて、かごを元の位置に戻す。人の物を勝手に見るのは後ろめたい。

窓の外に目をやるが、気持ちがざわついて仕方ない。金田という苗字の証拠を確かめたい。

龍平は腰を浮かせ知英を見る。幸いまだトイレの列に並んでいた。かごを素早く寄せ、財布を取り出して開き、カードを収める場所を探る。

やはり、あった。

黄緑色のカード、特別永住者証明書を引っ張り出す。

金　知英。KIM JIYOUNG。国籍は韓国。

龍平はそれを元どおりにしまい、財布をバッグに戻した。かごも、最初の場所に置く。

つまり、彼女は在日韓国人なのだ。

胸の中が熱く重苦しくなってくる。龍平は残った分を飲みほして、店員にコーヒーのおかわりを頼んだ。やたらに喉がかわき、水をごくごくと飲む。

知英に事実を確かめ、なぜ黙っていたか訊くしかないが、どうやって質問するべきかわからない。

しばらくして知英が戻ってくるのが見え、心臓の鼓動が速くなる。龍平は大きく深呼吸をした。

「コーヒー、おかわりできるよ」

席に着いた知英に対して、平静を装って言ったが、声が不自然だったかもしれない。少しうわずっていた。

「じゃあもらおうかな」

店員を呼んで彼女の分のおかわりを注文し、ガラス越しの海を見つめて黙っていた。知英も外を眺めている。

このまま黙っていようかとも思うが、クエスチョンマークが頭からしつこく離れない。

「知英ちゃん」思い切って知英を見る。

彼女は、なに、と言うように、少し首をかしげる。

「知英ちゃんって、苗字なんだっけ」

知英は、一瞬息を吞《の》むような様子があったが、「あ、金田」と答えた。

「ふうん、俺と同じじゃん」声が低くなる。

芽生えた怒りの感情は、知英を追い詰めたい衝動に変わっていく。

「なんで、いままで同じ苗字だってこと黙ってたの」

「それは、えっと……」言いよどんで、知英はうなだれた。

「川崎市に住んでるって言ってたけど、本籍地はどこなの？　やっぱり川崎市？」

「え？」

龍平は鋭い目で睨んでいたようで、顔をあげた知英は気圧《けお》されたように怯《おび》えた顔になっている。

「本籍地だよ。俺の本籍地は前に韓国の慶尚北道《キョンサンプクト》の大邱《テグ》ってとこだったたって言ったよね？　知英ちゃんはどこ？」

さらに質問を重ねると、知英は龍平の顔を見つめたまま、ぼろぼろと大粒の涙を流し始めた。

龍平は彼女が泣いてしまったことには、さすがにうろたえた。隣のテーブルのカップルがじろじろとこちらを見ている。

「いいよ、別に。今の質問は忘れて。そんなこと聞いても仕方ないよね。答えなくてもいいから」

早口で言うと、知英が、ごめんなさい、と頭を下げた。

「なんで謝るの?」

龍平は思わず追及するような強い口調になった。知英は顔をあげて、涙を袖《そで》で拭《ぬぐ》う。

「私も、在日なの。本名は金知英《きんちえ》。韓国語だと、キム・ジヨン。KARAのジヨンと漢字も同じ。知るに英語の英でチエ」

龍平は黙って知英を見つめたままでいた。もっと早い段階で打ち明けてほしかった。

「う、嘘《うそ》ついてごめんなさい……どうしても言いだせなくて。悪気があったわけでもないし……騙《だま》そうとしたわけでもないの……最初につい言いそびれちゃっただけなの……言わなくちゃ、言わなくちゃってずっと……ずっと……思ってたの……」

知英はしゃくりあげながらそう言うと、顔を両手で覆い、嗚咽《おえつ》を始めた。

龍平はすっかりしらけた気分で知英を眺めていた。言いそびれたというが、本当はずっと黙っているつもりだったのではないだろうか。ばれたから泣いてごまかしているのかもしれない。

知英は泣くのを止《や》めようと努力しているようだが、うまくいかず、しゃくりあげては涙を拭う。

「あのさあ」

しばらくして龍平が言うと、知英は息を止めて嗚咽を必死にこらえた。

「泣いてもしょうがないんじゃん？」

龍平は、知英から視線をそらした。

「ごめんなさい……」言葉にならないようで、声が途切れた。

「ま、俺がバカだったんだよね。君に正直な気持ちを垂れ流してさ。ごめん、いい迷惑だったよね。鬱陶《うっとう》しかったよね」

「そんなことなくて、あの……」

「帰るね」

龍平は伝票を持って立ち上がり、知英を一瞥《いちべつ》すらせずに店をあとにした。彼女がどんな表情をしていたかは、知りたくもなかった。

かっとなっているからか、足取りが速くなる。寒さもほとんど感じない。

スマートフォンにメッセージの着信があったが、知英からだったので読まなかった。

桜木町の駅に着いても、昂《たかぶ》った気持ちはいっこうに収まらない。やり場のない怒りを持て余し、ホームで電車を数本見送った。

知英と水原で出会ったときのことが頭に蘇《よみがえ》る。

あのとき自分は、在日韓国人だったことをちゃんと言ったのに、知英は隠していた。その後の民俗村でだって、ソウル市内に戻るバスの中でだって、いくらでも知英が打ち明けるタイミングはあったはずだ。

楽しかった会話の数々も、いまいましいものに思えてくる。

韓国と日本、海を隔てたカカオトークでのやりとりを思い返しても、そんなに深い会話はなかったものの、決して打ち明けにくい雰囲気ではなかったと思う。

知英にとって自分は、本当のことを言いたくない相手だった、心を許すような対象ではなかったということか。すっかり浮かれていた自分が滑稽《こっけい》だ。

佐藤からの着信があった。このタイミングでの電話はありがたい。

「明日ソウルに帰るんだよな？　いまなにしてんの？　忙しい？」

「いや、特には」

「暇だったら夜飯でも食わない？」

待ち合わせ場所を決めて通話を終え、反対側のホームに向かった。

「お、行こうぜ」

渋谷駅ハチ公口の交番前に少しばかり早く着いた龍平は、ぼんやりと周りを眺めていた。

スクランブル交差点の大画面に、K－POPアイドルのプロモーションビデオが大音量で流れている。男性グループは日本語の歌詞を口ずさみつつ、微笑みを撒《ま》く。彼らの踊る姿にうっとりと目を奪われている女性二人組が、龍平のすぐそばにいた。

「かっこいいよねえ」

「ほんと惚《ほ》れるわー」

言い合っている姿に、硬くなっていた気持ちがほころぶ。別に自分が受け入れられているわけではないとわかっていても、韓国人を好きでいてくれるのは、素直に嬉しく思える。

だが、彼女たちは知英と同じくらいの年頃だと考えると、さっきのできごとが蘇り、気分がふたたび悪くなる。

「なに怖い顔してんの」

佐藤に声をかけられ、そんなに感情がダダ漏れていたのかと、表情をとっさに繕った。気持ちが顔にすぐ出るのは、きっと韓国暮らしの影響だ。感情がむき出しの韓国人の中にいると自分もそうなってくる。

「久しぶりに来たから、人の多さにあてられちゃってさ」

「渋谷のスクランブル交差点は、人が多いことで有名だって、外国人向けのガイドブックにも載ってるらしいからな。まあ、観光スポットだよな」

そう言われて気をつけて見てみると、外国人観光客らしき数人がスマートフォンや一眼レフカメラで交差点を渡る群衆を撮影していることに気づいた。

あの人だかりのなかに在日コリアンはいるのだろうか。いたとして、その人は在日コリアンとして堂々と身分を明らかにしているのだろうか。

「金田、なに食いたい?」

「そうだなあ、日本ではなに食ってもうまいけど、中華かな」

佐藤が前に食べて美味しかったという、小皿料理が中心の中華料理店に入った。

おしぼりで手を拭《ふ》きつつ、龍平は「佐藤、誘ってくれてありがとう」と言った。

「宍戸と飯食ったときのことが気になってて」

「あれは、こたえたなあ」

「もし自分だったらって、あれから俺も考えたんだ。いろいろと気づくこともあった。そうしたら、金田と会いたくなってさ」

店員が注文を取りに来て、そこで話が途切れる。

「いろいろって、たとえばどんなこと？」店員がいなくなるなり訊き返した。

「俺が金田と同じ立場だったとしたら、いちいちしんどいだろうなって。本屋に行けば嫌韓本、電車の中吊《なかづ》りでは韓国の悪口。この間も言ったけど、フェイスブックで目にするきつい書き込みもある。ネットに限らず、日常でもいやおうなしに目に入ってくるよね。それを見て、辛《つら》い思い、悲しい思いをしてる人たちが実際にいるなんて、これまでは想像できなかったし、想像しようともしなかった」

龍平が黙ってうなずくと、佐藤は「正直言うと」と続ける。

「ヘイトスピーチのことも、無視すりゃいいって思ってたんだ。そもそも、バカがやってるんだから、ほっときゃいいって、そんなに気にもならなかった。自分に関係ないし。だけどさ、龍平のことを知ってからは、胸が痛むんだよ。怒りも覚える。俺の大事な友達が傷ついてるって思うとたまらない」

「そう言ってくれると、少しは救われるよ。でも、ずっと黙ってていま頃言うなって感じでしょ」

「宍戸みたいな奴もいるから、黙ってるのも仕方ないと思うよ。あえて傷つきたくないよね。俺、お前と宍戸に会ったあと、あらためてネトウヨの書き込みを見てみたんだけど、ほとんど宍戸と同じこと言ってて、なんというか呆《あき》れちゃったよ。ネタ元もめちゃくちゃなネット情報ばっかりって感じ。嘘っぽい話が多い。ただ人を傷つけるのが目的って感じもした。ヘイトスピーチをする団体の動画も見たんだ。あれは、ひでえよな。許せねえよ。あいつらにカウンターしてる連中もいた。でも、あの仲間に入って声をあげるのは気が引けるんだ。勇気がないっていうか。あと、運動みたいなの、よくわかんなくて苦手だし」

「宍戸に反論してくれただけで充分だよ。俺、嬉しかったよ」

「そうか？　それなら俺にもできるよ」佐藤は細かく何度もうなずいた。

生ビールに口をつけていなかったことに気づき、龍平は「乾杯しようぜ」とグラスを持った。泡がすっかり少なくなった生ビールで乾杯をし、豪快に飲む。佐藤も、ごくごくと音を立ててビールを喉に流し込んだ。

グラスを口から離すと、ふたり同時にゲップが出て、笑いあった。やがて次々に料理も運ばれてくる。バンバンジーに、ピータン。蟹《かに》肉と青菜を炒《いた》めたもの、黒酢酢豚、麻婆豆腐《マーボー》。目の前に並んだ皿は、どれも食欲をそそる。龍平は箸を伸ばして、バンバンジーの鶏肉《とりにく》をほおばった。うめーな、と言葉が漏れる。

食事をすすめながら、佐藤の仕事や恋愛の話を聞く。最近恋人と別れたばかりだそうだ。

「どんな子だったの」

「繊細で感性が豊かな人で、ちょっと年上だった」

「別れた原因は？」

佐藤はうーんと考え込んでから、それがさ、と答えた。

「はっきりわかんないんだよね。あえて言えば、俺が忙しかったからかな。それでも会っているときはうまくいってる、わかりあえてるって、俺は思ってた。でも、だんだん行き違いが増えて、いつの間にか連絡がなくなっていったって感じ」

「自然消滅、ってやつか。でも、佐藤だったらいくらでも次の彼女が見つかるよ」

「それが、そんなに簡単じゃないんだよなあ」

「そうだよな。理解しあえる相手と付き合いたいし。簡単じゃないよな」

「それで、金田はどうなの。恋人いるの？」

「俺も、いまはいないかな」

「じゃあ、ぼっち同士だな」

「いいなって思ってる子はいたんだけど」

「うまくいかなかったの?」

「それが、うまくいく以前にさ……」龍平は、知英とのことを包み隠さず話した。水原の世界遺産で会い、民俗村に行き、その後連絡を取り合っていい雰囲気だったけれど、今日会って、知英がずっと在日コリアンだという事実を隠していたのを知り、猛烈に腹が立ったことを説明した。

知英とのことを一気に話し終えると、相槌《あいづち》だけを打っていた佐藤が、それって、と口を開いた。

「よくわかんないんだけど。その子が自分のことを在日コリアンだって金田に言えなかったことが、どうしてそんなに頭に来るの?」

「俺は正直に言ったのに、向こうはそうじゃなかったからだよ。俺だけが心を許していて、あっちは壁があったのかって。同じ在日なんだから、最初から言ってほしかった」

「そんなに怒らなくてもいいんじゃない。泣いて謝ってたんでしょ。その子、隠してたことをすごく後悔してるんじゃないの」

「俺の気持ちは、佐藤にはわかんないよ」

「そう言われるとなにも言えないよ」声が小さかった。

しばらく沈黙が流れた。重苦しい空気のなか、料理に箸をつけ、ビールを口にする。

「こんな言い方したら、金田は気分が悪いかもしれないけど」佐藤が先に口を開いた。

「いいよ、言って」

「金田は、自分自身を見ているようで、その子に腹が立つんじゃない」

「自分自身ってなんだよ。それ、意味わかんないけど？」

「在日韓国人だってことを黙っていて、あたかも日本人として振る舞ってたのって、金田と同じじゃない。俺たちに在日だってことをずっと黙っていたのと変わらないでしょ。宍戸があんなこと言わなかったら、もしかしたら金田はいまも、俺たちに打ち明けてないんじゃないの」

佐藤に言われて、はっとしたが、いや違うだろうと思い直す。

「そんなことはないよ。俺は、佐藤にはいずれ言うつもりだった。機会がなかっただけで」

「じゃあ、その子もそうだったんじゃないの。言うつもりだったんだよ。少なくとも俺は、金田が黙っていたことに驚きはしたけど、別に腹を立てたりはしないよ。黙ったままでも、打ち明けてくれても、金田に対してどうも思わない」

龍平は返す言葉を失ってしまった。

「それに、国籍とか、本名がどうとか関係ないじゃん。金田はその子自身が気に入って、好きになったんでしょ」

「そうだけど」

「だったら許してやれよ。金田が彼女の気持ちを一番理解してあげられるはずだよ」

龍平はその一言に言葉が詰まった。

「きっといろいろと複雑なんだよ。自分が在日韓国人だっていうことを受けとめることができないんじゃないの」

龍平は在日同胞の元恋人に、帰化したことで糾弾され、あげく別れることになったいきさつを思い出した。あのときの苦い思いが蘇る。

「佐藤の言うとおりかもしれないな」続けてため息が漏れる。

「偉そうなこと言ってすまないな」

「いや、いいんだ。そのとおりだよ。俺、自分のことを棚に上げてて最低だな」

「そう言うなよ。誰でも、人のことは見えるけど、自分のことはわからないよ」

「佐藤はどうしてそんなに心が広いの？」

「俺？　心が広いなんて、そんなに立派なもんじゃないよ。ただ、俺、損保の営業じゃん。仕事でいろんな人に接して、ほんと驚くこと多いよ。だから、人にはそれぞれ他人に言えない事情があるのかもしれないって考えるようにはなったかもしれない」

「そうか」

「金田が大事なことを打ち明けてくれて嬉しいよ」

「うん」

涙腺《るいせん》がゆるくなり、あわてて鼻をすすった。

横須賀の自宅に戻り、姉の抱く理奈の顔を見ていると、気持ちがとても和んだ。

姉は独身の頃、かなり恋多き女だった。家出して同棲《どうせい》したり、男に付きまとわれたり、アメリカ人と大恋愛してシカゴまで追いかけて行ったりなど、さんざん両親を心配させたが、三十歳になると旅先で在日同胞の男を自分で見つけてきて、あっさりと結婚した。相手は関西で数軒の韓国料理店を営む家の次男で、姉と同い年だ。

「龍平、暗い顔だね、どうしたの。実家が居心地よくて、ソウルに戻りたくなくなったとか」

「そんなんじゃねえよ」

「じゃあ、あれだ。振られたとか」

「ちげーよ」

「お、ムキになるところを見ると図星だね」

「うるせえよ」

「まあ、いいんじゃない。独身なんだからいっぱい付き合えばいいよ」

「ねえちゃんさ」

「なによ」

口は相変わらず悪いが、理奈を腕に抱いている姉は、独身の頃とは別人のような穏やかな顔をしている。やはり、結婚してさらに母親になって、落ち着いたのだろう。昔はもっときつい印象だった。

「どうしてわざわざ在日と結婚したの？　俺と一緒に帰化したんだから、日本人でも良かったんじゃない。ねえちゃんなら、いろいろ選べたでしょ」

「そうねえ。楽だったのかなあ。居心地がいいっていうか」

「楽ってどういう意味？」

「うーん、なんていうか、ひねくれ具合が一緒だったから、理解しあえたっていうかね」

「ひねくれ具合か」

「面倒くさいところが似てたんだよね。在日っていってもいろいろだけど、彼はうちと似たような環境で、ずっと通名で暮らしてたし、日本の学校出てたからさ。鬱《うっ》屈《くっ》が同じ感じだったの」

「でも、それだから好きになったわけじゃないよね」

「当たり前じゃん。最初に会ったときは、お互いに在日コリアンだって知らなかったんだから」

「お互いに隠してたの？」

「彼は、すぐに言ってきた。焼肉屋やってる在日なんだって。でも、あたしは隠してたんだよね。金田っていう苗字も言わなかった」

「なんでだよ」まるで自分と知英のようで、口調が知らず知らず乱暴になってしまう。

「あんたどうして怒ってんの？」

「怒ってねーよ。で、なんでだよ」姉がなんと答えるのかが気になる。

「それはさ、在日だってわかったからこそ、あたしのこと、在日同胞だからってという理由で、好きになってほしくなかったんだよ。あたし自身を、人間そのものを好きになってほしかったの」

「それってさ、同じ在日でひねくれ具合が一緒なところが楽でよかったっていうのと、矛盾しない？」

「すぐに打ち明けたら、同胞だっていう仲間意識と、恋愛感情を彼が混同してしまうんじゃないかって思ったんだよね。だけど、あたしって矛盾してて、龍平の言うように、同じ在日だから心許せる、悩みを理解してもらえるだろうって彼のことを思う部分があったのは確か」

「ねえちゃん、ずるくない？」

「そうね、ずるいかも。彼も龍平と同じこと言った。実は帰化してるけど在日韓国人だって言ったら、彼、あたしのこと嘘つきだってものすごく怒って、しばらく連絡がなかったからね」

「そうだったんだ」

「でも、結局は理解してくれたよ。あたしがひねくれてるのは、やっぱり在日だからだねって。それに、あたしを諦められない、好きな気持ちが怒りより勝るって」

「はい、はい、ごちそうさま」

「結局あたしたちさあ、在日コリアンであることが、性格とか態度とか生き方、恋愛、なにもかもにすごく影響してるんだよ。そういうことすべてひっくるめてあたしなわけで、それをわかってもらえる人となら一緒に生きていけるかなってさ」

「でもさ、同じような環境じゃないとわかり合えないって、狭くない？　相手が限られるよね」

「在日同士だからわかり合えるってわけでもないし。もちろん、日本人だろうが、アメリカ人だろうが、わかり合える人はいるよ。想像力があって、人の痛みや悩みを理解する人、理解できないまでも、理解しようと努力する人ならね。あたしの場合、それがたまたま同胞だったってだけで」

　頭に浮かんだのは、佐藤の顔だった。佐藤に限らず痛みや悩みを理解しようとする人間はきっとほかにもいるはずだ。そして、知英ももしかしたら、姉のように在日コリアンというレッテルなしに自分を知ってほしかったのかもしれない、と思った。

　姉は腕に抱いた自分の娘に、微笑みかけている。理奈はすやすやと眠っていた。

「理奈には、国籍とかそういうのに縛られない生き方をしてほしいなあ。この子の時代には、在日が生きやすくなってるといいよね」

姉の言葉は、龍平に向けられたというよりは、まるで祈りを唱えているように耳に響いた。

龍平は翌日の渡韓に備えて荷物をバッグに詰めながら、佐藤や姉の言葉を反芻《はんすう》していた。自分の心の狭さを思うと、知英の泣き顔が頭に浮かんできて落ち着かなくなってくる。

スマートフォンを手にして、未読だった知英からのカカオトークのメッセージに目を通す。

〈ほんとうにごめんなさい〉

〈騙すつもりはなかったの〉

〈許してもらえないのはわかってる〉

〈でも、今日は会えて本当に嬉しかった。ありがとう〉

龍平は、深呼吸をひとつして、文字を打ち込み始める。

〈こっちこそ、怒ったりして、大人げないよね〉

〈ごめん〉

〈もう、気にしていないから〉

すぐに知英からレスが送られてくる。

〈ありがとう！〉

〈すごくほっとした〉

スタンプも続く。犬がハートマークを抱えている。龍平は思わず微笑む。

〈またソウルに来ることがあったら、いつでも連絡して〉

〈カトクも続けようね〉

送り返すと、オッケーマークのスタンプがすぐさま返ってきた。

〈バイト代ためて、春休みソウルに行きたいな〉

〈おいでよ。いろいろ案内するから〉

〈ありがとう。明日は気をつけてソウルに戻ってね〉

スタンプを送り合って、やりとりを終えたあとも、龍平はしばらくスマートフォンの画面を見つめていた。

第六章　知英　Jiyoung

知英《ちえ》が焼きあがったばかりのクレープ生地に生クリームを載せていると、エプロンのポケットでスマートフォンが震え、気が気でなくなってくる。

二人連れの女子高生にクレープを渡して客足が途絶えたところで、外から姿が見えない場所に移動し、スマートフォンを取り出すと、カカオトークにメッセージが届いていた。思わず顔がほころぶ。カカオトークのアプリは、龍平《りゅうへい》との連絡でしか使っていないのだ。

大学の試験が終わったと、一時間ほど前に知英からメッセージを送ったので、そのレスだった。

〈試験うまくいった？〉

〈イマイチで落ち込んでる〉と返し、続けてスタンプを送るつもりで吟味していると、龍平からまたレスが届いた。

〈ジョンちゃん、元気出して〉

女の子がオッケーポーズをしているスタンプを送り、幾度かたわいもない会話を交わしてアプリを閉じた。

知英は、龍平に「ジョン」と呼んでくれと言った。知英をジョンと呼ぶのは龍平だけで、秘密めいて特別な感じがしてくすぐったい気持ちになる。彼の前でだけは、在日韓国人のジョンとして見られてもちっとも嫌じゃない。

「嬉《うれ》しそうだね」

アルバイト仲間の彩音《あやね》ちゃんに言われて、「そうかな、普通だけど」と答えたが、口元が緩むのは抑えきれない。

「そういえば昨日、梓《あずさ》ちゃんと溝口店で一緒だったよ」

「そうなんだ」梓の名が出てドキッとする。

一月二日に龍平と会うために梓とアルバイトを代わってもらったが、あれから後期試験もあり忙しかった。梓のことを気にしつつも、タイミングを逃したまま時間が経《た》ってしまっている。せっかく仲直りするチャンスだったのにと自分のうかつさが悔やまれた。

「梓ちゃん、失恋のショックから、なかなか立ち直れないみたいだね」

「え？　失恋？」

「仲いいんでしょ、知らないの？」

「あ、うん、そうだった」お客さんがやってきて、そこで会話が途切れた。

クレープを作りながら、この半年で梓とずいぶん距離ができてしまったと思った。失恋どころか、誰かと付き合っていたことも知らない。梓を遠ざけていたのは自分なのだが、ほかの人から様子を知るのは寂しい。

その後もアルバイトをしているあいだ中ずっと梓のことを考えていた。自宅へ帰り、食事中も、入浴していても、彼女の顔が頭に浮かんでは、苦い思いに苛《さいな》まれた。ベッドに横になって寝ようとするが、どうしても梓の顔がまぶたの裏から消えない。

耐え切れずにスマートフォンを手にして、梓にラインでメッセージを送ろうとするが、最初の文字がなかなか打てない。ただ単に「試験終わった？」から始めればいいのだろうが、軽くメッセージを送るには、時間が経ちすぎてしまった。

昨年夏にソウルに行ってから、梓にとってきた自分の態度を思い返し、いまさらながら反省した。

体を起こして、ベッドの上にあぐらをかく。深呼吸をひとつして、もう一度ラインを開き、梓へのメッセージを打ち込み始める。

梓と縁を切りたくはないが、返事がないようだったら諦《あきら》めるしかないと自分に言い聞かせる。つまり、これは、最後のチャンスなのだ。

〈久しぶり。私は試験終わったよ。梓は？〉

当たり障りのない文面を何度も読み返してから、どうぞレスが来ますようにと祈りを込めて送信する。そのままで既読表示を待ったが、梓がメッセージを読んだ様子はない。

スマートフォンを枕元に置いて布団に入る。五分とあけずに、何度もラインを確かめるが、既読にもならなければレスもいっこうにない。

昨日は試験勉強で寝不足だったので、しばらくするとさすがに眠くなってきた。うつらうつらしながらスマートフォンをチェックしているうちに、眠りに落ちていった。

翌朝、八時にセットしたスマートフォンのアラームで目覚めるやいなや、待受画面を確かめる。ラインに梓からのレスはないが、カカオトークのアイコンの右上に③と表示されていた。

〈おはよう！　ソウルはマイナス三度だよ〉

それから〈コーヒー飲みに来た〉とあって、スターバックスのドリンクの画像が続く。

知英は、自分は起きたばかりだというレスを送る。数分の間やりとりを交わすと、少しばかり気持ちが軽くなった。

今日は午前十時からアルバイトを入れている。着替えてキッチンに行った知英は、湯を沸かしてティーバッグの紅茶を淹《い》れ、冷蔵庫からヨーグルトを出す。

母はまだ起きてこないので、いつものようにひとりでダイニングテーブルに座る。母は昨晩かなり遅くに酔って帰ってきた。店の常連の谷原《たにはら》さんが送ってきてくれたが、二人が付き合っていることは知英も知っていた。

テレビの情報番組を観《み》ながらヨーグルトを食べていても、スマートフォンの画面が気になってしまう。

こんなにレスに時間がかかるということは、梓はきっともう自分と連絡をとるつもりはないのだ。

取り返しがつかないことになってしまった。梓がいくら寛大な性格だからといって、自分勝手が過ぎたかもしれない。

男性俳優にインタビューをしているレポーターの浮かれた声が耳障りに聞こえ、リモコンでテレビを消した。

アルバイト先に向かう大井町線のなかでも、気持ちは沈んだままだった。ああしなければよかった、こうすればよかったということばかり考えてしまう。やっとできた親友を失いたくなかった。

それだけでなく、彼女には在日韓国人だと打ち明けてしまった。知英に怒っているとしたら、大学やバイト先でそのことを話してしまうのではないかという一抹《いちまつ》の不安もある。

コートのポケットに振動を感じ、はじかれたようにスマートフォンを取り出すと、梓からのレスだった。息を止めてメッセージを読む。

〈ごめん、レス遅くて〉

〈今日の三限で試験終わり〉

文面からすると、特に怒っているわけではなさそうだ。息を深く吐き出すと、こわばっていた頬《ほお》もゆるむ。

〈バイト四時までなんだけど、お茶しない？〉思い切って誘いのメッセージを送る。

〈いいよ〉とレスがあっさりと来て、自由が丘で会う約束をした。

バイトを終えたあと約束まで一時間ほどあったので、自由が丘の街をぶらついた。このあと梓と会うことを思うとどんな展開になるのか気が気でなく、洒落《しやれ》た雑貨屋やセレクトショップを見て回っても、心から楽しめない。気温も低くいまにも雪が降りそうなほど寒かったので、早めに待ち合わせ場所のカフェに入った。

梓のリクエストでこの店に決めた。人気があるらしく、店内はほぼ満席である。インテリアショップの上階にあって、窓ガラスが大きく、自然光がふんだんに採り入れられ、かなり明るい。使用されているテーブルや椅子《いす》はナチュラルな木製で、気取らず居心地のいい雰囲気を醸し出している。

知英は、久しぶりに会う梓と話すのになにか話題を準備しておこうと思い、彼女が夢中になっていた韓国のアイドルグループCNBLUEをスマートフォンで検索してみる。

ナイーブそうな雰囲気の青年四人組のバンドだった。特に甘いマスクのボーカルが梓のお気に入りだったはずだと、じっくりとユーチューブの動画を眺める。そもそも知英は韓国のエンターテインメントというだけで苦手意識があった。けれど、こうして見てみたら、梓がこの整った顔立ちの青年に夢中になってしまうのも当然だろうと、素直に思う。あとで彼らのことを梓にいろいろと訊《き》いてみよう。

画像や動画を眺めていると、梓が現れた。頬のあたりが以前よりすっきりしたようだ。

「久しぶりだね。梓、痩《や》せた？」

「ちょっとね」

失恋が原因なのかと訊きたかったが、会っていきなり重い質問をするのは避けておく。

しばらく試験のことなどを話す。まるで、わだかまりなどなかったように装って、お互いに気を遣いつつ会話をした。多少の不自然さはあったが、韓国旅行に行く以前に戻ったように感じられ、このままずっと話をしていたいと思った。しかし、目の前の紅茶は飲みほしてしまっている。

「お腹すかない？　なんか食べに行こうよ」知英の方から提案した。

「そうだね。行こうか」

快く承諾してくれて、胸をなでおろす。

「なにがいい？」

「なんでもいいよ」

いた。

「じゃあさ、新大久保行って、韓国料理食べようよ」

龍平が送ってくれる画像がいつも美味《おい》しそうなので、韓国料理が食べたくなって

「新大久保？」

喜んでくれると思ったのに、梓はなぜだか眉根《まゆね》を寄せている。

「梓、新大久保好きだったよね」

「うん、まあ、そうだったんだけど……いまから行くのも……」歯切れの悪い言い方は梓らしくない。

「じゃあ、今日は自由が丘で食べようか」

「知英の方から新大久保に誘うのって、不思議なんだけど、どうしたの？」

逆に質問されて、答えに窮する。龍平のことを打ち明けたい気もするが、黙ってこのまま自分だけの大事な人にしておきたい気持ちもある。

「……いままで自分がかたくなだったかなって反省したの。梓にも嫌な思いさせてごめんね」

それでもずっと言いたかった本心を吐露した。あまりにも梓に対して気持ちが至らなかったと思っているのは事実だ。

「別にいいよ、もう」

「新大久保はまた違う日に行こうね」

「行かなくていいや」

梓の言い方が投げやりで、なぜ行きたくないのかと訊きづらい雰囲気だった。

そっか、と答えてうなだれる。

「ね、知英、ここで食べようよ。移動するのも寒いし」

梓は店員にメニューを持ってくるように頼んだ。それから会話が途切れてしまい、気詰まりな雰囲気のなか、二人でパスタを食べる。

半分ほど食べたところで梓がフォークを置いて、水を飲む。

「私さー。韓国がらみのもの、好きじゃなくなっちゃったんだよねえ」梓が口を開いた。

「じゃあ、もうCNBLUEも好きじゃないの？」

「ぜんぜん」頭を左右に大きく振った。

その後はしばらく二人とも押し黙っていたが、耐えられなくなって知英は「どうして」と訊いた。

「韓国を好きじゃなくなったの？」

「付き合ってた韓国人に裏切られたの。すっごい好きだったのに」

その口調には恨みがこもっている。彩音ちゃんから聞いた梓の失恋とは、どうやらこの韓国人とのことらしい。

「そっか……辛《つら》かったんだね……」

「もう、死ぬかと思うぐらい。ごはんも食べられなかった」

「いろいろあったんだね……」

「とにかく、韓国のことは大嫌いになっちゃった」

自分は友人にここまで嫌われるような国に籍を持つ人間なのかと思うと、消えてしまいたくなる。

「それにね、韓国人が日本人のこと嫌ってるってこともよくわかった」

「そうなの？」

「だって、私が日本人だっていう理由だけで彼の親が付き合うのを許してくれなかったんだよ。言いなりになる彼も彼だよ」

「そんなことがあったんだ……」

「友達のはなえちゃんもね、韓国人の男の子に騙《だま》されてお金をかなり使わされたの。ひどくない？」

梓の剣幕にどう答えていいかわからず、知英は黙って小さくうなずいた。

「だから、ネトウヨの言う韓国や韓国人の悪口もいまはちょっとわかるっていうか。あっちに嫌われてるからこっちも嫌うっていうか。あの人たちみたいにわざわざネットに書き込んだり、あそこまでひどい言葉を吐くつもりはないけどね」

知英の頭に新大久保で見たデモの様子が浮かんできた。

「知英にこんなこと言うのはアレかなって思ったけど、考えたら知英は、日本人と変わらないもんね。韓国人に見られたくなかったみたいだし、韓国のこともそんなに好きじゃないでしょ」

「うん……まあ」

かろうじて答えたものの、梓の言葉は刃物のように知英の胸を切り刻んでいた。

「だからさ、もう新大久保には行きたくないんだよね」

「わかった」

本当はなにもわかっていないし、わかりたくもないのだが、そう答えるしかない。

梓は、個人的なものさしによって簡単に夢中になったかと思えば、突如嫌いになる。そして、自由に韓国や韓国人と関《かか》わらずに暮らしていくことができる。だけど知英は梓と違って、これからも韓国や韓国人を好きであろうが嫌いであろうが関係なく、どうしたって在日韓国人である事実から逃れることはできない。

「今回のことでつくづく日本と日本人が好きって思った。日本人でよかった」梓はしんみりとした調子で言ったあと、知英の顔を覗《のぞ》き込むようにしてきた。

「知英も、日本好きだよね？」

「うん、まあ」

有無を言わさない雰囲気の梓の目の前ではそう答えるしかないが、日本のことを嫌いだと思ったことはなかった。そもそも日本って言っても漠然としている。人なのか土地なのか、国家や政府のことなのか。それら全《すべ》てをひっくるめてなのか。

「じゃあ、帰化して日本人になればいいのに」

「え？」

「そのほうが、就活とかにも有利でしょ」

「そうだけど」

「その方がいいよ、絶対。差別もされないし」

知英は梓の言葉に首を垂れ、唇を強く結んだ。

泣きたくなる気持ちを抑えて家に戻り、部屋に入るとすぐに龍平にメッセージを送った。

〈今日、すごく辛いことがあったんだ〉

〈どうしたの？〉すぐにレスがある。

梓のことをどう説明したらいいか悩んでいると、カカオトークのアプリを通じて無料電話がかかってきた。

「大丈夫？」

龍平の声を聞いたら涙がこぼれ出てきた。

「あんまり大丈夫じゃない」

涙を拭《ぬぐ》いつつ、梓とのあれこれをソウル旅行に行く前の新大久保でのことから順序立てて話した。

相槌《あいづち》を打っていただけの龍平は、知英がひととおり話し終えると、「なるほどね」とつぶやいた。

「俺も韓国に留学したばっかりの頃《ころ》に、すげえ性格悪い韓国人と接して、韓国も韓国人も大嫌いだって思ったことあるから、梓ちゃんの気持ちもわからなくはないけどさ」

「うん」とスマートフォンを耳に当てたままうなずいた。

「俺は、自分の国である韓国を好きになりたかったんだよね。ジョンちゃんももしかしたらいま韓国を好きになりたいと思ってるんじゃない？　だから友達の言葉が余計にショックなんじゃない？」

「たぶんそう。自分の国である韓国を好きにならないといけないのかなって。もっと知らなくちゃとも思った」

「だけどさ、好きになって深く知っても、梓ちゃんみたいになにかあるとむしろ嫌いになっちゃうってこともあるわけでさ。だから無理に好きになろうとしなくていいんじゃないの」

「そうなのかな」

「知るのはいいことだと思うけどね。それに、韓国人って意識を強制的に持つ必要もないし、持てないからといって日本人になるべきってわけでもなくて。国籍なんて、ただの状態、でいいじゃん。決めなくてもいいって思うぐらいだよ。俺、帰化して韓国来てみて、ホントにそう思うよ。自分の国って、そんなの幻想かもしれないよ」

「そう言われると、ちょっと楽。龍平さんと話せてよかった。かなり落ち込んでたから」

「楽になったんなら嬉しいよ。また話そうよ」

「梓とはもう仲良くできないのかな……」

「俺の友達にも嫌韓な奴《やつ》がいるけど、あいつは実際の韓国人に接したわけじゃなかった。でも梓ちゃんの場合は、経験から嫌いになっちゃっているから、根深いかもしれないね。それでも、また違うきっかけで変わるかもしれないよ」

「そうだといいけど……」

「縁を切ったらそこで終わっちゃうからさ。俺も、そいつには腹立ってるけど、諦めないでまた会って話してみようって思ってる。もともと仲良かったわけだし。冷静になって考えたらさ、あいつも俺を嫌いなわけじゃないんだよね。韓国を嫌いって言われたからって俺を嫌ってるって思ったら、それこそネトウヨと考え方が同じになっちまうもんな」

「そうだよね。私が嫌われているわけじゃないもんね」

「なんでひどいことを言われた方が、言った相手を理解して寛容にならなきゃいけないのかって思わなくもないけどね」

「でも、自分が我慢すればその場がうまくいくことって多いよね」

「日本で日本人と暮らしていくには、そうするしかないよな。もう、こういう立場に生まれた以上、理不尽だって叫んで、いつもファイティングポーズとっててもすごく辛いし、ずっと強くなんていられないよな。喧嘩腰《けんかごし》だと、こっちも思考停止になるし。だから感情的にならないで、ひとりひとりといい関係を築いていこうって思うことにしたんだ。とりあえずいまできることって、それしかないし」

龍平の言葉はいちいちうなずけて、知英の心にすっと入ってくる。

「梓とも、また会ってみるよ。ありがとう」

「ソウルに来るの、待ってるから。バイト頑張って」

龍平と出会えたことは奇跡のような気がして、胸がいっぱいになった。

母が帰宅した気配があったので、母の部屋に行った。ドアをノックして入ると、ちょうどパジャマに着替え終わったところだった。

「ねえ、ママって韓国のことどう思う？　行ったことないでしょ」

「どういう意味？」母は怪訝《けげん》そうな顔になる。

「自分の国って思うのかなって。好きなのかなって」

母はベッドに腰掛けた。間を置いて、そうねと答える。

「好きも嫌いもないわよ。行ったこともない韓国がどうとか考えているほど暇じゃなかったしね。生きるのに必死だったから」

「それって、考えないようにして生きてきたの？」

母は、そうかもしれない、とつぶやいた。

「じゃあ、本当は在日韓国人じゃなきゃよかったって思う？」

母はしばらく考え込んでから、深くうなずいた。

「そうね……在日よりは日本人でいる方が生きていきやすい、ただそれだけ。そういう社会だもの。家を貸してくれないこともあったから、大変だったわよ」

在日韓国人という逆境のなか、母がひとりで知英を育ててくれたことを思うと、酸っぱい痛みが胸に広がってくる。

「在日に生まれたことは仕方ないってあんたも早く諦めるしかない。あたしたちにはどうしようもないんだもの」母はうつむいてしまった。

「三月に韓国にまた行くつもりなんだけど、そのとき、大邱にも行ってみようと思うんだ」無理に朗らかな調子で言った。

「大邱？」母は知英を見つめる。

「うん、本籍地でしょ。親戚《しんせき》とかいるかな。連絡とれるかな？」

母は目を伏せて、首を横に振った。

「残念だなあ。会ってみたかったのになあ」

知英は明るく装って言い、母の部屋を出た。

知英は、これまで「自分が在日韓国人である」という事実から目を背けていた。しかし皮肉なことに、それでなんとか心が守られていたのだということをつくづく思い知らされた。母が知英に韓国人としての自覚を持たせないように育てたのは、負い目を持つ機会を少なくしたい、傷つけたくないという愛情からだったのだと、あらためて悟る。

ひとたび「在日韓国人である自分」を意識し始めると、二〇一四年初春の日本は、知英にとって耐え難い場面があまりにも多い。

テレビをつければ、ニュース番組の特集のなかで、万引き犯がニューカマーの韓国人だという場面を目にする。韓国の政府や人々の反日的な振る舞いが大々的に報道され、チャンネルを変えることも多い。

外に出れば、電車の中吊《なかづ》りに韓国をこき下ろした見出しが並ぶ。

嫌韓本が「売れてる本ランキング」にあるのを見て、書店に入るのも躊躇《ちゅうちょ》する。

インターネットは特にひどかった。サイトのトップページに並ぶニュースのうち、うっかり韓国関連の記事のコメント欄を見ると、差別の言葉のオンパレードでしばらく立ち直れないほど気が滅入《めい》る。

いくら「自分と結びつけて考えるのはよそう」と頭に刷り込んでも、感情が乱れるのは抑えようがなかった。

それでも知りたくて、在日コリアンや韓国について書かれた本を図書館で借りてきて読み始めた。春休みはアルバイトぐらいしか予定がなく、時間はたっぷりとある。

しかし、それまでほとんど知識がなかった在日コリアンについて知るにつけ、暗《あん》澹《たん》たる気持ちになっていくのは避けられなかった。

終戦後、朝鮮人は解放されたものの祖国は貧しく、日本にとどまる者も多かった。不穏分子とか犯罪集団などと言われ、それらの文言がまったく同じように現在の在日コリアンにも浴びせられる。その憎悪の言葉を目にすると、言われる側でいるよりは、いっそのこと彼らと一緒になって、韓国を嫌って見下してしまった方が楽になれるのかもしれないとまで思ってしまいそうになる。

けれども次の瞬間には、そんな風に考えてはいけないし、たとえ嫌う側に立ったとしても、さらに苦しくなるだけだと自分に言い聞かせる。そして、そういった考えを持つ自分は最低だと自己嫌悪に陥り、心が揺らぐ。

葛藤《かっとう》し、苦しい気持ちになりつつも、関連書籍を読み、知識を重ねていった。

龍平とは毎日、電話で話した。口下手な知英も彼とは会話が弾み、言葉もすらすらと出てくる。知英は、知識を持てば持つほど憂鬱《ゆううつ》になっていくことを素直に打ち明けた。龍平は「俺も最初はそうだった」と言った。

「結局、戦後からずっと在日は、日本にとっても韓国にとっても、お荷物な存在だったんだね」

「まあ、そう言っちゃうと悲しいけど、棄民だよな。日本にとっては面倒な奴ら、韓国にとっては存在すら忘れてしまっている感じ。つまり、日本人にとっても韓国人にとっても、在日コリアンっていうのはよそ者だから」

「いまも昔も、在日コリアンであることって、どう考えても不幸だね」

「でもさ、戦争している国から逃げて難民になったりしているわけでもないし、悲観しちゃったら、自分のこと嫌になっちゃうから良くないよ」

「そりゃあそうだけど、なんでこんな境遇に生まれちゃったんだろうって、落ち込むよ」

「事実に向き合うのは確かに辛いよな。俺にもそれはよくわかる」

「でも……龍平さんは、日本国籍になってるでしょ。帰化してるよね」

「そうだな。帰化しているっていうのは、韓国籍で暮らすのとはまったく違うよな」

「母親にも、在日だってことはしょうがないんだから、諦めろって言われた」

「在日って、日本と韓国、両方の国や人、文化をよく知れると思うんだよね。実は不幸なんかじゃないよ、きっと。むしろ恵まれてる存在って思ってみたらどうかな。慰めになるかどうかわかんないけど」

「そんな風に前向きには、考えられないな……」

「俺もね、偉そうなこと言うわりには、いろいろ悩むし、なかなかそう思えないんだけどね。そう思いたい、そう思うようにしようってこと」

「そうか……在日でいて、いいこともあるって……私も考えるようにしてみる」

「そうだよ。考え方だよ。いい面を見るか、悪い面を見るか」

「龍平さんと話すと、本当にいつも明るい気持ちになれる。ありがとう」

「ソウルでもたくさん話そう。会えるのが、楽しみだよ」

知英は電話を切ってもスマートフォンを握りしめていた。

前向きな気分も、その数日後には、関東大震災の際の朝鮮人虐殺について書かれた本を読んで、一変してしまった。

九十年前、ごく普通の市民たちが「朝鮮人が井戸に毒を撒《ま》いた」「暴動を起こしている」という流言を信じて朝鮮人を虐殺した事実が本には詳細に書かれていた。小学四年生の絵も紹介され、そこには棒状の武器を持った人々が朝鮮人を追い詰めている様子が描かれている。

怪しそうな者や見知らぬ人に対して日本人かと問いただし、「ガギグゲゴと言ってみろ」とか、「十五円五十銭と言ってみろ」と自警団が詰問した。朝鮮人にとっては、頭に濁音がつく言葉の発音が難しいので、そこで発音がおかしいと感じたらすぐさま殺してしまったそうだ。

知英の通う大学のある池袋で殺されそうになった人がいて、背筋が冷たくなる。新宿、世田谷《せたがや》、品川など身近な土地での悲惨な出来事はリアリティがあり、読んでいて目を背けたくなった。

さらにその本は、いま日本を覆う排外的な空気と関東大震災のときの世の中の雰囲気が似通っているということも指摘している。その指摘どおり、なにか凶悪事件があると犯人は在日だとネットで騒がれ、災害があると外国人が粗暴な振る舞いをしているという噂《うわさ》が立てられるのを知英も目にしたことがある。

その晩の知英は、頭がずっとしびれているようだった。龍平と話していても上の空になってしまい、本のことも伝えられなくて、いつもより早く電話を切った。

翌日になっても、ただただ気持ちが重かった。

無理やりにでも気分を変えなければと思い、アルバイト帰りに渋谷までひとりで洋服を買いに出た。ソウルで龍平に会う日には特別におしゃれをしていきたかった。

渋谷の街は春休みのためか、かなり混雑していた。

目的のショップをめざしてスクランブル交差点の人ごみをかき分けて渡っていたら、急に息苦しくなった。

もし大きな災害が起きたりしたら、すれ違って歩く人びとが関東大震災のときのように、突然自分を襲い、虐殺するのではないだろうかという恐怖に苛まれたのだ。あのとき事件が起きた神保町《じんぼうちょう》や烏山《からすやま》はここ渋谷から電車で三十分も離れていない。

重ねて、新大久保でデモ隊が「朝鮮人をぶっ殺せ」と叫んでいた様子が頭にフラッシュバックする。

脂汗が浮かんでくる。急いで横断歩道を渡り、立ち止まった。

深呼吸を繰り返し、なんとか息を整える。

しばらくそのままでいて、少し落ち着いてから地下道に下り、買い物を諦めて電車に乗った。

しかし今度は、この逃げ場のない密室の中の人みんなが、韓国人を憎んでいるかもしれない、自分を嫌っているかもしれない、という思いにとらわれた。目の前の席に座る自分と同じくらいの歳《とし》の女性の顔が梓の顔に変わり、鬼のような形相で「韓国人嫌い」「韓国人死ね」と憎々しげに唸《うな》る。

慌てて目を閉じるが、動悸《どうき》に襲われ、吊《つ》り革《かわ》につかまって立っているのがやっとという状態になる。

電車を降りてからも、呼吸の乱れはなかなか収まらず、しばらくホームのベンチに腰掛けていた。

浅い呼吸が続いてますます苦しくなってくる。息を大きく吸ってみるが、うまくいかない。

うずくまると、意識がしだいに遠のいていく。

「大丈夫ですか」

声をかけられて我に返り、顔を上げると、若い男性の駅員がすぐそばで心配そうにこちらを見ていた。

「あ、いえ、あの……」声を振り絞って答える。

「具合が悪いのでしたら……」

「い、いえ、大丈夫です」

立ち上がろうとするが、バランスを崩し、よろめいた。駅員が体を支えようとして手を出してくれたことに怯《おび》えて、その手を振り払ってしまう。

「す、すみません」

そう言ってふたたびベンチに座って駅員を見上げる。彼は困惑した表情を浮かべて去っていった。

バッグからペットボトルのお茶を出して、ゆっくりと喉《のど》に流し込むと、少し冷静になれた。

顔に「韓国人です」と書いてあるわけでもないし、日本語だってまったく問題ないのだから、誰も自分に危害など加えないはずなのに、神経が過敏になってしまっている。

しばらく電車が行き交う様子を眺めていると、心臓の鼓動も落ち着いてきた。

よろよろと立ち上がり、離れたところに姿の見える先ほどの駅員の背中に向かって軽く会釈をしてから、ホームをあとにした。

自室に戻っても、気持ちがざわついて、じっとしていられなかった。部屋をうろうろと歩き回る。

結局自分はどうしたって日本人の中で生きていくしかないのに、彼らに危害を加えられるなんていう妄想にとらわれていたら、おかしくなってしまう。

だけど、一度持ってしまった恐怖は感覚的なもので、いくら理性で抑えようとしても、体が反応してしまう。

実体のない相手への恐怖で体がすくんでしまう。こんな経験は初めてで混乱している。外出するのに勇気がいる。また具合が悪くなってしまうのではないかと心配だ。

楽しみにしている韓国行きだって無理かもしれない。

いったいどうしたらいいのだろうか。

龍平の笑顔が頭に浮かび、たまらなくなって電話をかけてみるが、応答がなく不安は払拭《ふっしょく》されないままだ。

しかしすぐに龍平からメッセージがあった。

〈電話出られなくってごめん〉

〈友達と飲んでるから、あとで連絡するね〉

続いて龍平が同じぐらいの歳の眼鏡をかけた男性とツーショットでグラスを持つ写真が送られてくる。

〈気にしないでいいよ。楽しんでね〉

文字を打ち込んで送信すると、すぐさまベッドに飛び込んだ。枕に顔を埋《うず》めて目を瞑《つぶ》る。

なにも考えたくなかった。


ノックの音で目覚めた。いつの間にか眠ってしまっていたようだ。

「あたしはそろそろ店に出るけど、ご飯どうする？　作っておこうか？」母が部屋に入ってきた。

「食べなくていいや」布団の中から答える。

「具合悪いの？」

母が覗き込んでくるので、「平気だよ」とベッドから起き上がる。

「本当は具合が悪いんじゃないの？　あんたは父親に似て丈夫な方じゃないから」

珍しく父親の話が出たので、これまで疑問に思っていたけれど訊けなかった質問をしてみたくなった。

「ねえ、ママ。パパは丈夫じゃないって言ったけど、どんな人だったの？　高校で一緒だったんでしょ。なんで結婚したの？　やっぱり同じ在日がよかったの？　日本人と結婚しようとは思わなかったの？」矢継ぎ早に言葉が出てくる。

「あんた、夏に韓国行ってから、自分が韓国人だって考えすぎちゃってるんだね」

「そうかもしれない……」

母は浅いため息をひとつ吐《つ》いた。

「あの人とはね。気づいたら一緒になってたから、深く考えたわけじゃないけど。まわりにも在日が多い地域に住んでいたからね。まあ自然の成り行きというか」

「でも、好きだったんでしょ」

母は、こくりとうなずいた。

「あの人は、優しくて繊細な人だった」

「パパは仕事、なにしてたんだっけ」

「そもそも朝鮮籍だから、なかなか働くところがなかったけど、あの人は歌手になりたくてね。シンガー・ソングライターに憧《あこが》れて、詞も曲も作ってた」

「初めて聞いた。だからうちにギターがあるんだね」

知英は父のことをほとんど知らなかった。自殺したことで、父の話は母子《おやこ》のあいだでタブーになっていたのだ。

「一応事務所にも入っていたの。日本式の名前を使わないと仕事をやらない、売り出してやれないって言われて。それでも、あの人は本名で活動したいって最初は抵抗したのよね。だけど、絶対に朝鮮人として売り出すことはできない、売れるわけがないってことだった。あの人ずいぶん悩んだけど、結局は折れて、芸名を名乗り始めたの」

K-POPや韓流が広く受け入れられているいまでさえ、芸能人が在日コリアンであることは隠している場合が多い。ネット上では在日だという疑惑をかけられただけでひどい誹謗《ひぼう》中傷を受けるのだから、父が売り出そうとした時代に隠せと言われたのも至極当然なのだろう。韓国本国から来るエンターテインメントは受け入れられても、日本において在日が堂々と活躍することはなかなか難しい。K-POPや韓流と在日は、まったく別の問題なのだ。

在日コリアンという存在そのものが、日本の負の歴史を突きつけてくるようで、きっと多くの人が目をそらしたくなるのだろう。

「どんな芸名だったの？　通称名とは違うんでしょ」

「まあ、それは……まったくプロとしてはやっていけなかったから、知らなくていいわよ。あの人が芸名を使うのを機に、それまで本名だったけど、夫婦で金田《かねだ》っていう通称名を使い始めたの。あの人の親からは日本人のふりをすることでだいぶ責められたけどね」

知英は、龍平に在日である事実を隠していて怒りを買ったことを思い出した。

「責めなくても……」

「そうやって家族や仲間内で縛りあうから在日は二重にしんどいのよ。民族とか国だとかいうけど、本当の意味での個人の幸せや夢のことは考えていないと思う。あの人は歌手になりたい気持ちが強くて、必死だった。だから足を引っ張る人たちと縁を切る覚悟で引越したの。だけど、ぜんぜん売れなかった。ほとんど収入もなし。だからあたしが働いて、生活を支えていたんだ。あたしはあの人の歌が好きだった。だからいつか有名になる、売れるって信じてた。やっと一枚だけCDを出せたけど、……モノになる前に死んじゃった……」

「そうだったんだ。知らなかった」

「あたしは昔っから男運が悪いのかもね」

知英は母が以前深夜にひとりで泣いていた姿を思い浮かべた。きっとあれも男性関係が原因だったのだろう。これまで母は男性に夢中になって自分をほったらかすようなこともなく、常に知英のことを第一に考えてきてくれたと思うと、胸が詰まる。

「ママ、谷原さんと再婚したら」

母には幸せになってほしい。谷原さんは母より十歳年上で独身だということだ。あまり冴《さ》えない人だが、おとなしくて優しそうに見えた。

「そう言われてもね……」母の表情は暗い。

「私は気にしないよ。それにママ、谷原さんと結婚したら日本国籍、取れるんじゃないの？　ついでに私も取れるでしょ？　そしたら辛いことも減るんじゃない」

「あんた、そんなこと考えてんの？」

「だって、在日韓国人でいていいことなんて、なにひとつないじゃん」

母は頭《かぶり》を振った。

「残念ながら、あたしはなにも変わらないよ。再婚もしない。いままでいろいろあったけど、国にも人にも期待してない。期待したらがっかりするからね。それに、日本人になりたいわけでもないから。差別はずっとあるものなんだから、これからも同じで、騒いでもなくならないよ。悩むだけ無駄。あたしたちは、ただこのまま毎日食べられるように働いて、目立たないように生きていくだけ」

「そうは言っても、就活にしたって、国籍のことは避けて通れないし、いまはヘイトスピーチとかあって……」

「それでも、あんまり在日だってこと、意識しないで生きていきなさいよ」

「でも……」

「あんたの父親、在日だからうまくいかないって思うようになって、引きこもるようになった。親にも背を向けられ、追い詰められた気持ちになったんだね。それで……」

「それで、自殺してしまったの？」

知英が言葉を継ぐと、母はうなだれてしばらく黙っていたが、顔をあげた。

「だからね、あんたのことが心配なの。とにかく、悩んでばかりいるとしまいには気持ちを病んでしまうから」

母はそう言うと、ドアを閉めて出て行った。

知英はアルバムを引っ張り出して父の写真を眺めた。プールで幼い自分を抱く父は長髪でおそろしく痩せている。笑顔にもかかわらず、とても儚《はかな》げに見える。

やはり父は、在日だったことを気に病んで自殺したようだ。そう思うと、だんだん息苦しくなってきて、アルバムを閉じた。

母が出かけたあと母の部屋に入ってギターケースを探すと、案の定クローゼットにしまってあった。

初めてギターケースを開ける。なかにはアコースティックギターと一緒にCDが一枚あった。父がスタジオのようなところで椅子に座りギターを弾く姿がジャケットになっている。うつむき加減の父の顔はよく見えない。タイトルは「LONELY」。そして歌手の名前は「明田哲也」だった。父は自分の実名「明哲」の字を芸名に入れたようだ。

どんな歌を作っていたのか聴いてみたいが、あいにく知英の家にCDを再生できる機械はない。それでもCDだけ手にして、ギターケースをクローゼットの元の場所に戻した。CDケースを開くと歌詞の書かれた冊子がある。

LONELY

なにもかも変わった
そしてひとり、悲しみをひきうけて

希望はあるのか
それでも生きて生きて
小さな命のために　大切なあの人のために

耐えて耐えて
待って待って
必死に頑張っても
光は見えるのか
空は晴れるのか

偽りの姿でいる限り
愛する人がそばにいても
さみしくて仕方ない
苦しくて辛すぎる

ＬＯＮＥＬＹ

LONELY

　そこまで歌詞を読んだら、涙が滲《にじ》んで文字を追えなくなった。

　母の部屋を出て、自室に入るなり、「明田哲也」と「シンガーソングライター」というワードを入れてスマートフォンで検索する。

　いくつかの記事にヒットした。ほとんどに「本名　金明哲」と記されている。

　明田哲也は、一九九七年二月三日、目黒のビルの屋上から飛び降り自殺していた。

　自殺のことは知っていたがどんな方法かは知らなかった。事実として突きつけられると衝撃は大きい。在日であることを気に病んでいたことも、知英の心に重くのしかかる。

　激しい頭痛が起き、耳鳴りがしてくる。ベッドにうずくまると、意識が朦朧《もうろう》としてきた。

　自分の呻《うめ》き声で目覚めた。浅い眠りのなか、写真でしか知らない父が、屋上から飛び降りようとする夢を見た。口から心臓が飛び出るような激しい動悸が襲い、跳び起きる。息を整え、また体を横たえるが、新大久保でのデモの様子も蘇《よみがえ》り、一晩中うなされ、頭をかきむしった。

翌日は外に出る勇気がなく、ずっと家にいたが、やはり父の自死のことが頭から離れなかった。

夜になって龍平から電話がかかってきても出ることができず、〈ごめんね。ちょっと風邪を引いていて声が出ないの〉とメッセージで返した。

ひとりベッドで横になると、不安が瞬く間に広がって、自分という存在そのものが無意味に思えてくる。思考がどんどんネガティブな方向に傾いていく。呼吸が荒くなり、腋《わき》に大量の汗が出てきて、眠りにつくことができない。手も震えてくるので両掌《りょうてのひら》を握りあっておさえると、指先がおそろしく冷たくなっていた。

外に出なくなって、正確には出られなくなって、二週間が過ぎた。当然ながらアルバイトも休んでいる。

龍平にメッセージで〈ソウルに行かれなくなった〉と伝えたら、とても落胆した様子だった。理由を訊かれたので、〈バイトを急に辞めちゃった人がいて、人手が足りなくて休めなくなっちゃったの〉と用意しておいた嘘《うそ》をついた。

日に日に龍平とのやりとりも少なくなっていった。龍平の方も会えないことがわかって熱が冷めてしまったのかもしれない。電話をかけあうことはなくなり、いまはメッセージだけである。こうしていつかは龍平とも疎遠になってしまうかもしれないと思うと、絶望的な気持ちになる。

知英は、ベッドに臥《ふ》せってばかりいる。なるべくテレビは見ないようにして、本も読まず、インターネットからも遠ざかっていた。風呂《ふろ》も億劫《おっくう》で、三日置きぐらいにしか入らない。

母には風邪が長引いていると言ったら、心配なのか、店を早く切り上げて帰ってくる。しょっちゅう部屋を覗いてくるので、そのときは「だいじょうぶだよ」と体を起こして答えるようにしている。母に見つからないように、父のＣＤはマットレスの下に隠した。

それにしても、一日が長くてしんどい。時間があるので考えすぎてしまう。このまま外に出ることもできずに、学校にも行けなくなるのだろうか。こうやって社会と隔絶したままなら、ますます自分なんて生きていても意味がないのではないか。

そう思うと、ふいに体から魂が抜けて、自分を見下ろしているような感覚になる。キッチンに行き包丁で手首を切ろうとしたり、ベランダから飛び降りようとしたりする自分の姿を外から眺めているような錯覚に陥る。

妄想だったと気付くと、今度は頭の中でじりじりと虫が鳴き始める。目を固く瞑って耳を塞《ふさ》ぎ、身悶《みもだ》えしているうちに眠りに落ちていくのだった。

今日もベッドから起き上がることができずに、夕方過ぎになってもごろごろとして、うたた寝していたところ、玄関のチャイムが鳴って目覚めた。

母が応対している声が聞こえてくるが、内容まではわからない。宅配便にしては、相手と長く話している。宗教の勧誘か訪問販売かなにかだろうか。

声が聞こえなくなったと思ったら、ノックとともにドアが開いて、母が顔を覗かせた。

「知英、友達がお見舞いに来たわよ」

「友達?」怪訝な声で聞き返す。

「前にうちに来たことある子だよ。梓さん。ライン送っても返事ないから来たんだって」

スマートフォンを慌ててチェックしたら、確かに梓からメッセージが入っていた。心配してくれていたのかと、気持ちがぐらりと揺れたが、ここ三日ほど風呂に入っていない姿で会うのははばかられる。

「具合悪いから無理……」母に背を向けて布団をかぶった。

ドアの閉まる音を聞いて、布団から顔を出して耳をそばだてるが、よく聞こえないので起き上がりドアに耳を当てつつ、スマートフォンを手にし、梓のメッセージを開ける。三十分ぐらい前に送られてきている。

〈知英、具合悪そうだね〉

〈大丈夫？〉

〈今日、午後三時ぐらいに知英のこと尋ねてきた男の人がいたよ〉

〈私たちより年上って感じの背が高くてさっぱりした塩顔《しおがお》の人〉

〈具合が悪くてまだバイト休んでるって言ったら、すごく心配そうにしてた〉

きっと龍平に違いないと思い、梓の話を直接聞こうとドアを開けたが、玄関には誰もいなかった。そのままリビングや母の部屋に行ってみるが、母の姿もない。

自分に聞かれたくない話でもあって二人で外に行ったのだろうか。

気が気でないまま部屋に戻り、うろうろと歩き回ったり、ベッドに座ったり立ったりを繰り返していると、十分ほど経って玄関のドアが開く音がした。

慌ててベッドに潜り込むと、ドアがノックされ、母が入ってきた。

「梓さん、かなり心配してたわよ。大丈夫なの？」

母に体を揺すられたが、なにも答えずに布団に顔を埋めていた。

「あんた、本当は、風邪じゃないんでしょ」

優しく言われて顔を向けると、母が知英の頭を胸に抱えた。

ずっと忘れていた母の体温と心臓の鼓動。

ためていた思いが一気にこみ上げてくる。

「あんたが心配。あたしの大事な娘だから」母は知英の頭を優しくなでる。

「ごめん。あたしがあの人のこと言ったのがいけなかったね。在日だってことで悩まないでほしかったから話したんだけど、あたしが間違ってた」

知英の目から涙が溢《あふ》れ出てくる。母はしばらく黙って知英を抱きしめていたが、

「いい、知英」と口を開いた。

「在日だってことばっかり気にしていたら、悩んでおかしくなるよ。おかしくなったらダメ。どんな世の中でもくじけちゃダメ。わざわざ戦う必要はない。負けてもいい。在日だっていう事実から逃げてもいい。だけどくじけるんじゃないよ」母の声が震えている。

「でも、どうしても考えちゃうの。辛くなっちゃうの。パパのこと考えちゃうし、新大久保で見たデモのこととか、思い出しちゃうの」呻くように言った。

「そうだよね……辛いよね。あたしは、あんたが韓国人として誇りが持てるように、

自分に自信が持てるように……してあげればよかったのかもしれないね。韓国人なのは逃れようのない事実なのに意識するなって言っても無理だよね。……でもこんな世の中だから、隠す方が、意識しない方がいいと思ったの……あの人のこともあって……」母は声を詰まらせながら言った。

知英は堰《せき》を切ったように、母の胸で声をあげて泣き出した。母はずっと頭をさすっていてくれた。

しばらくして知英が泣き止むと、母は抱いた手をそっと離した。二人で向き合う格好になると、ふたたび涙がこみ上げる。母の頬も濡《ぬ》れていて、右手で自分の涙を拭う。ファンデーションが崩れてしまっている。

「心配してくれる友達だっているじゃない……誰もあんたを憎んだり、嫌ったりなんかしていないよ」涙声になっている。

知英は、しゃくりあげながら、うん、うんとうなずいた。

「あたし、お店に行かなきゃ。終わったらすぐ戻るから」母は立ち上がり、部屋を出て行った。

知英はパタンと音を立てて閉まったドアをじっと見つめていた。

どれくらい経っただろう。母が玄関から出て行く気配を感じた。

知英はスマートフォンを手にして、梓にメッセージを打ち込む。

〈お見舞いに来てくれて、ありがとう〉

〈すごく嬉しかった〉

〈出れなくてごめんね〉

すぐにレスがある。

〈辛いことがあるなら、私でよければいつでも話聞くよ〉

〈あんまり悩まないでね〉

〈元気出して、早く良くなってね〉

読み終えたら、やっと止まった涙が鼻水とともにまた出てきた。近くにあったティッシュに手を伸ばして取り、思い切り洟《はな》をかむ。そして、ひと呼吸置いてから、レスを打ち込んだ。

〈ありがとう〉

〈今度ゆっくり話聞いてね〉

〈もちろんだよ〉というレスが来てパンダがオッケーと指を立てているスタンプが続く。

カカオトークのアプリに移り、龍平に電話をかけた。脂汗とともに襲う動悸とは異なる胸の高鳴りが起きる。呼び出し音十回で諦めて切ろうとしたら、応答があった。

「龍平さん、日本にいるの？　いま、どこ？」

「空港に向かってるとこ。バイト先の子に聞いた？　驚かそうと思って黙って寄ってみたんだ」

「びっくりしたよ」

「家の用事でこっちに戻ったんだ。顔見たいなと思って。だけど具合悪いって聞いたから連絡するかどうかちょっと迷ってた」

龍平の言葉を聞いたら、また鼻水と涙がこぼれてきたので、洟をすすり、涙を拭った。

「風邪なの？　辛そうだね」

「うん。ちょっとひどくて……会えなくて残念」

「またこっち来るときは連絡するよ」

「夏休みにはソウル行く。ぜったい」

「うん。楽しみに待ってるよ」

通話を終えた知英は、マットレスの下から父のＣＤを取り出し、抱きしめる。涙は涸《か》れることなくいくらでも溢れ出てきた。

六月半ばになり、梅雨に入った。

母に連れられて心療内科で診察を受けて以来、定期的に通院してカウンセリングを受け、薬も飲んでいる。動悸や発汗の症状はいくぶん収まってきていた。それでも、人ごみに出たり、電車に乗ったりするのはまだ怖く、学校は休学したままで、アルバイトにも復帰していない。

インターネットを極力避け、外出も必要最低限しかしないでいた。調子のいい日とそうでない日と、まだまだむらがあった。もう治らないのではないかと悲観的になるときもあれば、きっと治して学校にも戻りソウルにだって行くのだ、それを励みに病気を治すのだ、と前向きになれるときもある。一方で、奨学金で通う大学をそう長く休むわけにはいかないと思うと焦り、いったい自分はこの先どうなるのだろう、働くことはおろか就職活動さえできないのではないだろうかと考えると不安でどうしようもなくなった。

ヘイトスピーチにさえ出会わなかったら、こんなことにはならなかったのだろうか。

在日韓国人がなんの苦しみも持たずに生きていける時代が果たして来るのだろうか。

知英にはまったくわからない。光の見えない暗闇《くらやみ》にいるような心持ちになる。「ゆっくり治せばいい」と言って支えてくれる母のためにも元気にならなくてはと思っている。そして、世の中の状況がすぐには変わらないのだとしたら、自分が強くなるしかないのだともわかっているが、そう簡単にはできそうになかった。

それでも龍平に会いたくて、診療にもカウンセリングにもきちんと通っている。龍平とはほぼ毎日のように連絡を取り合っている。心配させるのが心苦しくて病気のことは話していない。メッセージのやりとりは楽しく、暗いムードにしたくなかった。メンタルの弱い面倒くさい奴だと思われるのも嫌だ。すっかり快復して飛行機に乗れるようになり、ソウルに行ったときに打ち明けるつもりでいるが、そんな日が来るとは、いまは想像できない。会えたとして、病気のことを黙っていたと責められるだろうか。事情が事情なだけに、理解してくれると信じたい。しかし、もしかしたらそんなにうまくいかないかもしれないとも思う。

日々気持ちは揺れ動き、行ったり来たりしている。

病状を詳しく話した梓とは、毎日ラインでメッセージを送り合い、ときどき通話もする。龍平のことも話した。

ある日、点《つ》けっぱなしになっていたテレビに、梓の知り合いの女性が出ていて驚いた。溝口のクレープ屋に来た中年のおばさんだ。あのときよりぱりっとしていて髪をアップにし、黒いスーツを着ていたので最初は気付かなかった。彼女はヘイトスピーチをする集団にカウンターをしているらしく、報道番組でインタビューを受けていた。

まったくの他人にもかかわらず、在日コリアンへの差別に立ち向かってくれている姿に胸を打たれた。そういえば新大久保でも声をはりあげて差別の言葉を打ち消していた人たちがいたことも思い出す。悪意ばかりの世の中ではないと希望を感じる。救われる思いがした。

どんよりと重たい雨の降る日、溝口のスターバックスで、梓とカウンター席に並んで座り、大学やアルバイト先の近況を聞いていた。病気になって以来、母以外の人と出かけるのは初めてだった。だいぶ調子が良く、思い切ってお茶を飲むことにしたのだ。

梓とたわいもないことを喋《しゃべ》っていると、たいした悩みも苦しみもなかったソウルに行く前のような気持ちになれた。梓は気を利かせてか、就活の話はしなかった。彼女は最近またSHINeeを聴いているそうだ。うきうきしてSHINeeのことを話す梓を見ていると、知英まで気分が明るくなってくる。

話が一段落すると、梓が、あのね、と神妙な顔になった。

「知英の病気のこと聞いて、私ほんとにいろいろ、頭がはげそうになるぐらい、真面目《ま じめ》に一生懸命考えたの。それでね、彼や彼の親のことは恨んでもしょうがないけど……日本人だからダメだって言われたからって、韓国に関係するものや人まで全部を嫌いになるって違うんじゃないか、間違っているんじゃないかって思ったの。やっぱりSHINeeは歌も踊りも最高だし。嫌いになんかなれないよ」

「そっかぁ。私もSHINeeの動画観てみよう」

梓が韓国のアイドルをもう一度好きになってくれてとても嬉しい。

「それでね、私、気付いたの。自分の『嫌い』っていう気持ちが知英を傷つけていたんだって……それで……」

梓は緊張しているのか、ぱちぱちと目を瞬《まばた》かせ、下を向いてキャラメルフラペチーノを一口すすった。

「もういいよ、そのことは。みんな自分が基準なのは当たり前だもん。私だってそうだし。いまこうやって梓と話せてることが、私にはなにより大切なことだよ」

梓はほっとしたような表情で顔をあげた。

「知英。私に言う資格ないけど、『嫌い』に巻き込まれないでね」瞳《ひとみ》を潤ませている。

知英は、ゆっくりとうなずく。

「梓に龍平さんを紹介したいな。また一緒にソウル行きたいね」つぶやくように言った。

梓は感極まって、「知英――」と抱きついてくる。

「そのときは、私も一緒に事務所めぐりするね」

何度もうなずく梓の背中をとんとん叩《たた》きながら、窓の外に目をやると、そぼ降る雨空の向こうがかすかに明るくなっている。

梅雨はまだまだ続くが、今日はもうすぐ雨が上がりそうな気配が感じられた。

解説

中島京子

本作は、一篇《ぺん》ごとに視点人物が変わる連作の形をとった短篇集だ。登場する人物じたいは重なっていて、時系列も一方向に進むので、一つの短篇の続きが、次の短篇で読める。もちろん、視点が変わるから、まるまる「続き」ではないのだけれど、同じ事件が別の人物の目で語られるおもしろみもある。

当たり前だけれど、登場するのは「視点人物」たちだけではない。複数の人間が彼らにからんで物語は進行する。書き出してみると、その登場人物たちの多さに驚かされる。

知英《ちえ》　二十歳の女子大生。日本生まれ日本育ちの在日韓国人。ただし、十六歳になるまで自分が「在日」とは知らず、日本人だと思って育った。
梓《あずさ》　知英の親友でバイト仲間。K-POPにはまっていて、新大久保《しんおおくぼ》のカフェで働くヨンファ似のジュンミンと知り合い、付き合い始める。
ジュンミン　釜山《プサン》出身の韓国人留学生。自分を振ったかつてのガールフレンドが恋人と米国留学したので、反発して日本に来た。
良美《よしみ》　CNBLUE《シーエヌブルー》のヨンファのおっかけをしている五十代の日本人女性。新大久保でのヘイトスピーチを知り、反対運動「カウンター」に参加する。
龍平《りゅうへい》　韓国に留学中の大学院生。出自は在日韓国人だが、学部生時代に就職などのことを考えて日本国籍を取得した。知英が韓国を旅行しているときに出会う。
彼らが各章の視点人物だが、これ以外にも、様々な面々が登場する。梓のK-POPファン仲間のはなえ。その彼で韓国人のドンヒョン。韓国の釜山で食堂を営むジュンミンの実家の面々。北関東の町に暮らす良美の母、弟、弟の息子でフィリピン人の母を持つ正太郎《しょうたろう》。良美の叔父の恭一《きょういち》。龍平の学部時代の友人である、宍戸《ししど》と佐藤《さとう》。それに、龍平の姉、知英の亡くなった父、通りすがりの在日韓国人、良美といっしょにヘイトスピーチ反対運動「カウンター」をやっている同志などなど、出番が少なくても重要な人物が絶妙に配置されている。これだけいろんな人が出てくれば、どこかに、自分に似た人も見つけられそうだ。

舞台は二〇一三年から二〇一四年の日本、そして一部、韓国。K－POPや韓流ドラマは日本では大人気で、新大久保はたいへん賑《にぎ》わいを見せている。日本にやってくる韓国人も少なくない。

そんな中で、残酷な影を投げかけているのが、ヘイトスピーチだ。嫌韓デモとも呼ばれる、韓国人や在日へのヘイトスピーチをまき散らしながら韓国人の経営する店などが集中する街を練り歩く形式のヘイトデモは、二〇一三年に爆発的に増え、翌年も続いていた。登場人物たちは、それぞれがダイレクトにヘイトスピーチの影響を受ける。というより、実害を被る。でも、対処の仕方は一人一人違う。

知英は、新大久保でヘイトデモを目撃してかたまってしまう。在日という出自を自分自身のアイデンティティとして実感できない一方で、「在日」に投げつけられるむき出しの憎悪に、文字通り、通り魔にあったような衝撃を受ける。

一方、梓は、自分の大好きな「韓国」に向けられる悪意に不快を覚え、「在日」の知英に同情を寄せる。ところがこの「同情」が、知英を怒らせて、二人の友情に溝を作ってしまうのだ。

韓国人のジュンミンは、ヘイトデモに関してはどこかドライだ。韓国では、「日本人はみんな、心の中では韓国人を差別している」と言われて育ったので、むしろヘイトデモに怒る日本人や、韓国文化を愛している日本人の存在のほうが驚きだったりする。

でも、韓国人の中には、K－POPや韓流に熱を上げる日本人女性を見下しているタイプもいる。はなえと付き合っているドンヒョンはそんな一人だ。「新大久保で働くのって最高だよ、女がいくらでも寄ってくるから」とジュンミンに耳打ちする彼は、はなえに高い服を貢がせている。はなえは、K－POPマニアだけれど、ヘイトデモには関心がない。はなえの「好き」は、ヘイトに傷つけられる人への思いには向かわない。

梓に「ヨンワイプさん」と呼ばれている良美は、はなえと正反対だ。韓流が大好きだからこそ、「韓国」や「韓国人」を憎悪し、悪意をまき散らす言動が許せなくなる。彼女は「カウンター」にのめり込んでいく。その運動を通じて強くなり、フィリピン人の血を引く甥《おい》をいじめから守ろうとすらする。

良美の母親と、ジュンミンの父親は、日本と韓国で互いに互いを（会ったことも、これから会うことすらないけれども）嫌い合っているようにも見える。根の深い問題だが、ジュンミンの父親や叔父が持つ日本への反感は、植民地化や差別を受けた上の世代の実体験を背景にしているから、理由がある。一方で、良美の母親が韓国や韓国人を嫌う理由は、「イメージ」だという。差別の本質の、得体の知れなさを思わせる。

そして龍平。知英と対照的な、さばけた在日だが、龍平が出くわす「ヘイト」は、宍戸という友人の言葉なので、これもまた残酷だ。宍戸とは違う反応を示す日本人の友人、佐藤の存在が、過酷さを和らげはするものの。

ところで、龍平の国籍は「日本」だ。知英の国籍は「韓国」。二人は、日本生まれの日本育ちで、とてもよく似た境遇なのに、パスポートが違うのだ。知英は「緑」で、龍平は「赤」。それが、この小説のタイトルなのである。

「在日」は、「緑」と「赤」の間の色ではない。二つを混ぜた色でもない。「在日」は国境で線引きされない。あるいは、線引きされて赤になったり緑になったりするけれども赤でも緑でもなく、そもそも国家に属する概念ではない。読んで字のごとく、「日本に在る」、場所に依拠する属性なのだ。小説は、日韓の間に横たわる問題を巧みに浮き上がらせながらも、「在日」という存在について、もっとも繊細に、もっとも言葉を尽くして読者にわからせようとしている。

龍平は、会ったばかりの知英に言う。

「手放しに好きになれなくて苦しいなんて言いだしたら、病んじゃうよ。だから、国家と俺とは無関係。国と人間は別。いい奴《やつ》もいれば嫌な奴もいるし、いい国もあれば虫の好かない国もあるよな」

「韓国人の友達には在日っていう特殊な立場の気持ち、うまく伝えられなくて。まんま日本人なのに何言ってんの、みたいな反応されて傷ついたりね」

知英は、龍平に自分も「在日」だと告げられないまま、それを聞いているのだけれど、少し前に彼女は日本人の友人である梓に「在日」だと告白し、

「在日韓国人だといろいろあったんじゃない？」

と同情含みの推測をされた上に、別になにもないと答えると、

「そうだよね、知英、ぜんぜん、日本人に見えるもんね」

と、言われてしまう。

「まんま日本人」「日本人に見える」。でも、違う存在。それは、いったいなんなのだろう。

登場人物たちは、それぞれ弱さを抱えている。みんな、自分のことでせいいっぱいで、目の前の他人を思いやっているつもりでも、実際は、自意識が空回りしていることに気づかない。

梓が「在日」や「韓国人」に向ける同情の独善性や、良美のちょっとすべったような「カウンター」へののめりこみ、親の価値観から離れることのできないジュンミン、そしてともに、「在日」アイデンティティをどう自分自身と結びつけるかで悩む知英と龍平。誰もが完璧《かんぺき》ではなくて、意図せず、偏見や、自分を守ろうとする気持ちや、ときにはある種の善意でもって、だいじな人を傷つけてしまう。その、すれ違いの痛々しさが、読み手の腹に響いてくる。

けれど、この不完全な、弱い、私たち自身のような登場人物たちに注がれる作者の目は優しい。その失敗、すれ違い、人を傷つけ、自分も傷ついたという経験が、彼／彼女らに何かを悟らせる。作者は、彼／彼女らを、傷つけたまま、あるいは誰《だれ》かに傷を与えさせたまま、放《ほう》ってはおかない。五十代の良美にさえも、経験が成長をもたらす物語を用意する。

私は小中高、大学までの学生生活の中で、在日の友人を持ったことがなかった。マンモス大学へ行った姉には、一人、在日韓国人の女友達があったが、私の行った小さな女子大の小さな交友範囲には、いなかった。そう、思っていた。でも、違うのかもしれない。それは、在日という出自を教えてもらえるほどに深く付き合った友人がいなかったということだったのかもしれない。あるいは知英のように、本人も在日だと知らないままという子が、隣の席にいたのかもしれない。いずれにしろ、いまよりもっと、在日コリアンの普通の声は、隠されていたように感じる。韓国も、もっとずっと遠かった。私が子供だった頃《ころ》は。

いまは、混迷の時代で、日韓の関係も難しいところがあるし、世界的にヘイトスピーチが席捲《せっけん》していて、日本ではそれが韓国、そしてくっきりと在日をターゲットにしている。困難な時代だ。でも、それだけではない。

深沢潮《ふかざわうしお》という作家がいて、この国に暮らす在日コリアンの声を言葉にしてくれる。そして深沢さんは、在日だけを描いているわけではない。深沢さんは、この国にいっしょに生きている様々な人の声を言葉にした。私たちみんなを、書いてみせてくれたのだ。それぞれが、〇〇人という属性以前に、自分自身である、弱く、小さいながらも、人と出会うことで学び、変化する可能性を持った、個人たちを。

『緑と赤』は、緑や赤のパスポートを持った人たちの、あるいはパスポートを持っていないかもしれないけれど、「日本に在る」人たちの物語だ。それは、ここで暮らす私たちの物語だ。物語の中で、私たちのような誰かが右往左往している。私たちは、登場人物たちのおぼつかない歩みを自分のもののように読むことによって、彼／彼女らの手にした静かな希望をも、受け取ることができるのである。

（なかじま・きょうこ／作家）

〈参考文献〉

『ヘイトスピーチ　「愛国者」たちの憎悪と暴力』安田浩一著（文春新書）
『ヘイト・スピーチとは何か』師岡康子著（岩波新書）
『ヘイトスピーチとたたかう！　日本版排外主義批判』有田芳生著（岩波書店）
『九月、東京の路上で　1923年関東大震災ジェノサイドの残響』加藤直樹著（ころから）
「生野区における『ヘイトスピーチ被害の実態調査』最終報告」（NPO法人多民族共生人権教育センター）
「『ヘイトスピーチ被害の実態把握に向けて』シンポジウム資料集」（ARIC・反レイシズム情報センター）

本作はフィクションです。実在の個人・団体などとは一切関係ありません。

伴侶の偏差値

深沢 潮

真紀が選びに選んだ勝負下着。だけど彼は、そんな真紀の女心に無頓着。一生をともに過ごす相手は、本当にこの人でいいのか？　女の本当の幸せって何？　結婚したい35歳の真紀が悩みに悩んで下した人生の決断は？

本書のプロフィール

本書は、二〇一五年十一月に実業之日本社から刊行された単行本を加筆修正し、小学館で文庫化したものです。

小学館文庫

緑《みどり》と赤《あか》

著者　深沢《ふかざわ》　潮《うしお》

二〇一九年一月九日　初版第一刷発行
二〇二四年二月二十一日　第二刷発行

発行人　庄野　樹
発行所　株式会社　小学館
〒一〇一-八〇〇一
東京都千代田区一ツ橋二-三-一
電話　編集〇三-三二三〇-五二三七
　　　販売〇三-五二八一-三五五五
印刷所————大日本印刷株式会社

ISBN978-4-09-406601-2